Maren Elbrechtz

MOTTEN TRAGEN KEINEN HELM

D1674132

Maren Elbrechtz *studierte Film- und Fernsehwissenschaften und arbeitet seit 2000 in der Filmbranche als Producer, Script Editor und im Development. Seit 2009 ist sie selbstständig und lebt als Script Consultant, Dozentin und Autorin in Köln. »Motten tragen keinen Helm« ist ihr erster Roman.*

Maren Elbrechtz

MOTTEN TRAGEN KEINEN HELM

Roman übers Verlassenwerden

Ulrike **HELMER** Verlag

Printausgabe gedruckt auf säurefreiem,
alterungsbeständigem Werkdruckpapier.
ISBN 978-3-89741-373-3

Originalausgabe
© 2015 Copyright Ulrike Helmer Verlag, Sulzbach/Taunus
Alle Rechte vorbehalten
Covergestaltung: Atelier Neopol X unter Verwendung des Fotos
»#54313158 – Einfach Mal abhängen« © SENTELLO – Fotolia.com

Ulrike Helmer Verlag
Neugartenstraße 36c, D-65843 Sulzbach/Taunus
E-Mail: info@ulrike-helmer-verlag.de

www.ulrike-helmer-verlag.de

Kapitel 1: VERDRÄNGUNG

»*Bitte lass mich los.*« – Aha!, denke ich. Das ist interessant. Ich schließe die Mail, öffne sie erneut. Scrolle bis zum Ende und wieder hoch. Da steht sonst nichts. Gar nichts. Und was soll der Punkt? Ich kriege noch nicht einmal ein Ausrufezeichen?! Wegen des fehlenden Ausrufezeichens bin ich sehr geknickt. – »*Bitte lass mich los.*« Ruhig dahingesagt. Voller Ausgeglichen- und Gelassenheit. Ja, und was ist mit dem Feuer unserer Liebe?!

Die Flamme meines Feuerzeugs zündet. Zigarette zum Kaffee ist immer gut. Aber der Kaffee passt irgendwie nicht zu diesem Morgen. Schnaps wäre jetzt gut. Aufgrund einiger – natürlich ungerechtfertigter – Vorwürfe in der Vergangenheit wage ich es aber nicht, betrunken im Büro aufzutauchen.

Und da sage noch einer, ich wäre nicht sehr verantwortungsbewusst und in der Lage, auch in Extremsituationen überlegt und kopfgesteuert zu entscheiden: Melissengeist! Ich gehe ins Bad. Tatsächlich, da steht die gute alte Medizin. Verfallsdatum 10.09.94. Ich nehme an, 2094. 96% Ethanol. Ethanol! Kurz denken und die Fremdsprachenkenntnisse abrufen. Hört sich doch an wie »ätherisch«. Fast zumindest. Fast identisch, nahezu Inzest. Bisschen klein, die Flasche, denke ich noch, als ich noch einen Espresso zum Geist in die Tasse gieße. Mir fällt kein Trinkspruch ein. Also sage ich: »Bitte lass mich los. Mit Punkt.«

Zehn Minuten später weiß ich, warum das Zeug gegen alles hilft. Geist, Seele, Körper, Organe und Hirn. Man weiß sofort nicht mehr, wo sich jegliches dieser Dinge befindet, egal ob man es vorher gewusst hat oder nicht. Sensationell!

Gesegnet mit Weisheit und Wissen, beschließe ich, mit der Bahn zur Arbeit zu fahren. Ich bin mir sicher, wenn ich jetzt mit dem Fahrrad führe, würde es auf dem Rückweg regnen. Auch wenn jetzt die Sonne in Strahlen scheint – wie unangemessen an einem Tag wie diesem! –, wird es auf dem Rückweg pladdern wie Sau. Ja, auch wenn der Wetterbericht etwas anderes sagt. Natürlich könnte ich mein Rad noch gerade steuern. Gerade noch. Schließlich bin ich vom Geist geheilt. Das Schwindelgefühl kommt lediglich von den Temperaturen. 23,3 °C stelle ich fest, indem ich meinen Finger kurz anlecke und in die Höhe strecke.

»Bitte lass mich los. Punkt«, denke ich, als ich zur U-Bahn laufe. Das ist ein toller Satz. Ich hätte ihn nicht besser formulieren können! Ich beschließe, diesem Satz viel mehr Bedeutung zukommen zu lassen. Man hört ihn so selten. Als ich auf zwei Menschen zulaufe, die mir mit Zigarette im Mund weismachen wollen, dass sie gegen den Missstand der Gesellschaft sind, und mir Flyer in die Hand drücken, spreche ich diese schönen Worte: »Bitte lasst mich los.« Ich dränge mich an ihnen vorbei, sie sehen mich verunsichert an. Ich bin mir wiederum nicht ganz sicher, ob ich nicht eventuell einen Tick zu laut gesprochen habe. Ein Polizist kommt herbeigeeilt und fragt die beiden mit der politisch präzisen Meinung, was denn los sei. Schade, ich habe keine Zeit, mich in die Unterhaltung einzuklinken. Das Büro ruft.

Dort angekommen, kontrolliere ich erneut meine privaten Mails. Allerdings erst nachdem ich alle Boulevard-Blätter auf ihren Internetseiten besucht habe, um sicher zu sein, dass die Welt noch existiert. Ich habe den Eindruck, sie machen sich ernsthafte Sorgen, so häufig wie sie uns ihre Insider-Informationen über Weltuntergang, Seuchen und Terror kundtun. Was ist dagegen schon ein: »Bitte lass mich los.«

Tatsächlich. Da steht es immer noch. In Arial 10, schwarz auf weiß.

Was antwortet man denn darauf? »Natürlich, mein Hase. Das tue ich, weil ich dich so sehr liebe!« Oder: »Zwar fühle ich mich jetzt so, als hätte ich dich über Wochen obsessiv belagert, deinen Hund vergiftet und dein Kind entführt, weil ich dich so krankhaft liebe, aber ich verstehe dich´ und wünsche dir alles Gute. Bussi!« Ich tendiere gerade zu »Ha, ha! Sehr witzig!«, als das Telefon klingelt.

»ComDortSoft Computer. Servicehotline. Suza Schimmer am Apparat, was kann ich für Sie tun?«

»Tach. Bleuheimer hier. Ich habe von Ihnen eine neue Festplatte geschickt bekommen. Die alte habe ich jetzt aus dem Rechner genommen. Liegt alles in Einzelteilen vor mir. Wie baue ich jetzt die neue ein?«

Die alte hat er aus dem Rechner genommen. Warum nur fühle ich mich gerade wie eine lose Festplatte? Wahrscheinlich weil ich mich mit meinem Job komplett identifiziere. Heute eine Festplatte, morgen ein USB-Anschluss.

»Ah. Okay. Ja«, antworte ich, »haben wir Ihnen die Anleitung zur Neuinstallation gemailt?«

»Nein.«

»Gut, dann maile ich Ihnen das mal eben.«

»Ja, gut.«

Ich schüttle den Kopf und lächle leicht. Kopfschütteln verstärkt allerdings mein angesäuseltes Hirngefühl. Ich werde lieber wieder ernst. Bin ja nicht zum Spaß hier.

»Können Sie die denn dann abrufen?«

»Abrufen?«

»Naja, die Mail empfangen.«

»Nein, habe ja meinen Computer in Einzelteilen vor mir liegen.«

»Aha. Dachte ich mir. Dann erkläre ich Ihnen lieber am Telefon, wie das geht.«

»Ja, richtig. Sonst könnten Sie mir auch den Arm abhacken und wir spielen eine Runde Tennis. Das wär irgendwie vergleichbar, nicht wahr? Ha, ha …!«

Sehr witzig, der Herr Bleuheimer.

»Vorher hab ich aber auch noch kurz eine andere Frage«, sagt er.

»Ja?«

»Ich habe von Ihnen statt der Anleitung ein anderes Papier bekommen. Sieht aus wie ein geheimer Vertragsentwurf mit der Konkurrenz oder so. Hab's nicht genau gelesen.«

»Ach, so. Nein, das ist falsch.«

»Macht ja nichts.«

»Wissen Sie was, mailen Sie mir das Dokument doch einfach zurück. Dann tun wir so, als hätten Sie es nie bekommen.«

»Ja. Das ist gut. Könn'se mir vertrauen. Ich schick Ihnen das zurück. … Per Mail, ja?! Das ist das Sicherste.«

In diesem Moment bin ich mir nicht mehr sicher. Verarscht Herr Bleuheimer jetzt mich oder verarsche ich ihn? Ich brauche mehr Geist! Melissengeist! Wäre doch schon morgen! Dann wäre Wochenende.

»Herr Bleuheimer, so machen wir das! Vielen Dank und kommen Sie gut ins Wochenende. Wiederhören!«

So, erledigt. Hoffentlich klingelt es jetzt nicht noch mal. Hotlines sind überbewertet. Das weiß doch jeder Mensch. Ich lege den Hörer neben das Telefon und wähle die 0, um auf keinen Fall weiter gestört zu werden. So ein Stress. Bitte lass mich los!

Die Tür fliegt auf. Der Chef baut sich vor mir auf.

»Guten Morgen, Herr Weisel!« Ein breites Grinsen legt sich wie auf Knopfdruck über mein Gesicht. Bei Gelegenheit werde ich ein Echtheitssiegel dafür beantragen.

»Ich habe Ihr Gespräch mitgehört.«

»Ach.«

»Was sagen Sie dazu?«

»Ja. Nichts. Steht ja in meinem Vertrag, dass ich abgehört werde.«

»Frau Schimmer. Jetzt mal ganz vorsichtig. Abgehört. Das ist nicht das richtige Wort.«

»Gesprächsoptimierung in Zusammenarbeit mit der Geschäftsführung ... wollte ich sagen.«

»Frau Schimmer.«

»Herr Weisel ...«

»Was sagen Sie zu Ihrem Gespräch mit Herrn Bleuheimer?«

»Netter Mann. Lustig auch.«

Jetzt könnte man sagen, der Selbstschutz wird wohl das Heft in die Hand genommen haben. Denn ich höre gar nicht zu, was der Chef sagt. Unfreundlich gedacht, könnte man auch sagen, dessen Geschwafel interessiert doch keinen Menschen. Der leitet ein Unternehmen und hat noch nicht einmal einen Rhetorikkurs besucht! Also mich wundert es nicht, dass wir eine Wirtschaftskrise haben. Letztendlich dringen nur ein paar Schlagwörter zu mir durch. Unter anderem dieses: »Entlassen!«, sagt der Herr Weisel. Ich bin mir sicher, hätte er es mir gemailt, wäre wenigstens ein Ausrufezeichen dahinter gewesen. Und plötzlich bin ich wieder ganz bei ihm.

»... das ist nicht mehr tragbar für das Unternehmen. Haben Sie eine Fahne?!«

»Oh. Nein, nein, nein, Herr Weisel, ich habe ein neues Mundwasser ausprobiert. Riecht irgendwie so mentholisch alkoholisch.«

»Gleichwohl. Ich möchte, dass Sie sofort Ihre Sachen packen und gehen. Jetzt.«

Und schon dreht er sich um sich selbst und schwebt zur

Tür hinaus. Hauptsache, er ist weg, denke ich, lehne mich in meinem Rolldrehkippbürostuhl für 13,70 EUR, den der Chef von einem türkischen Großhändler hat, zurück und betrachte das Bild einer türkischen Moschee, das er dazu bekam. Lila und rosa angehaucht – ein Traum in Kitsch.

Im Augenwinkel sehe ich, dass sich der werte Herr Chef in diesem Moment noch einmal umdreht und wieder hereinkommt. Um mich anzuschreien – wie unhöflich!

»Und übrigens, Frau Schimmer, unser Unternehmen heißt SoftDotCom und nicht ComDortSoft!«

Auf der anderen Seite kann ich diese Unhöflichkeit auch anders sehen: Er schreit. Das heißt, ich bedeute ihm etwas und bin ihm nicht egal. Wie lieb von ihm. Und: Er hat »unser« Unternehmen gesagt, also werde ich als Teil des Unternehmens in die Historie eingehen. Ich fühle mich geehrt, als ich den Windhauch der Tür spüre, die Herr Weisel schwungvoll hinter sich zuknallt.

Dieser Mann hat so viel Kraft ... und Macht! Sehr angetan und wohl immer noch eindeutig beeinflusst von den heilsamen Kräften des großen Geistes der Melisse, packe ich meine Sachen und denke darüber nach, ob ich die gleiche Wirkung erzielen könnte, wenn ich Melisse rauche, statt sie mit diesem Ethanol zu mir nehmen zu müssen.

Homöopathie ist einfach nicht so meins und ich komme in diesem Gedankengang zu keinem Ergebnis.

Ich wanke, nein, ich denke, ich schwebe nach Hause. Komisch, die Menschen mit dem Problem des Missstands der Gesellschaft sind nicht mehr da. Ich hätte mich doch jetzt so gerne mit ihnen unterhalten! Vielleicht wären wir Freunde geworden und wären noch einen Missstands-Tee trinken gegangen. Schade. Ausgerechnet jetzt, wo ich das Gefühl habe, auch in einen kleinen Missstand geraten zu sein. Ich kaufe mir im Drogeriemarkt auf dem Weg nach Hause noch eine Kiste Melissengeist und setze mich auf eine Parkbank, um zu testen, ob der Inhalt einer jeden Flasche gleich schmeckt. Glücklicherweise muss ich mich bei dieser Mission mit aller Kraft auf meine Geschmacksnerven konzentrieren, so dass kein Raum für andere Gedanken mehr bleibt. Alles eine Sache des Trainings.

Stunden später falle ich, zu Hause angekommen, umgehend in einen tiefen Schlaf, träume von Melissenfeldern und Melissenbäumen und wache erst am nächsten Morgen wieder auf.

Es ist zehn Uhr, als ich mich mit der Morgenzigarette und meinem Kaffee auf den Balkon setze. Die Luft riecht nach Morgen und Nässe und ich denke, beides ist wohl unwiderruflich passiert. Die Nacht, der Regen. Jetzt ist Samstag; Wochenende. Wie schön. Erst Badewanne, dann rumhängen, dann Mittagsschlaf, dann abhängen, dann Bier und grillen mit meinen Freunden. Und dann erinnere ich mich an das andere Unwiderrufliche: Ich bin arbeitslos und »Bitte lass mich los.« Mit Punkt.

Na, bravo, Schimmer! Und jetzt? – »Ich habe keinen Schimmer«, sage ich mir und revidiere das sofort im Selbstgespräch. So nicht! Wenn eine Tür zufällt, öffnet sich eine neue – irgendwo. Oder zumindest ein Fenster.

Gefühlte Sekunden später erfüllt sich die Vorhersage von selbst. Die Tür zum Blutspendezentrum der Uni-Klinik dreht sich und lässt mich ein. Ich komme nicht drauf: Warum hat die Blutspendezentrale eine Drehtür? Als Entscheidungshilfe für Unentschlossene? Ich schiebe den Gedanken beiseite, denn meine Mission ist eine höhere.

Herrin meines Verstandes, spreche ich hochoffiziell vor: »Ich bin bevorzugter Blutspender!«

Die Dame am Empfang nimmt kommentarlos meine Daten auf.

Gut, ich sollte hier lieber eh direkt mit dem Oberguru sprechen und entspanne mich. »Frau Schimmer!«, höre ich und freue mich sehr, dass ich gebraucht werde. Ich trete in einen Raum, in dem mich eine Frau im Kittel begrüßt und sofort meinen Arm in eine Manschette mit Geräteanschluss zwängt. Wir warten eine Weile, bis das Gerät piepst. »0« und »0« steht auf dem Display und ich denke innerlich jubelnd: »Ja! Ich bin tot!« Die Dame im Kittel flucht und nimmt mich nicht ernst, als ich ihr meine Vermutung mitteile. »Ich starte noch einmal neu«, sagt sie und ich wünschte, das könnte ich auch. Einfach so. Zehn Sekunden später steht auf dem Display »112« und »81«. Mist, ich habe Blutdruck. Und dabei fühle ich mich doch so tot. Auf der anderen Seite werden mir diese Normwerte wohl bei meiner Aufgabe helfen. Die Dame im Kittel piekt mir noch mit irgendetwas in den Finger, entnimmt Blut und ich bin kurz davor, ihr zu sagen, dass bei der Prüfung wohl sowieso ganz sicher ein gigantisch gutes Universalspenderblutgruppenergebnis von Null negativ herauskommen wird. Doch ich erkenne, dass dies hier nur das Vorspiel ist, denn die Dame in Weiß schickt mich wieder auf den Flur, wo ich Platz nehmen und warten soll, bis ich aufgerufen werde. Ich werde in ein weiteres kleines, steril wirkendes Zimmer geschickt, wo ich mich einem Mann mit Arztkittel gegenüber setze.

Ich frage mich, warum mir nicht ständig ein Geschenkekorb zugesandt wird mit der dringlichen Bitte, mein wertvolles Blut zu spenden. Erst die Stimme des Mannes holt mich mit einer Frage aus meiner Gedankenwelt voller Geschenkkörbe und Anerkennung zurück. Ich nehme an, es ist ein Arzt, wobei ich nicht ganz sicher bin, denn sicher ist auch, dass er mal zum Arzt müsste. Der Arme hat eine böse Genickstarre und hält den Kopf ganz schief. Ob ich irgendwelche Schäden oder Ähnliches aufweisen könne, fragt er mich. Kann ich leider nicht. Aber ich denke, jetzt ist der

Moment gekommen. »Herr Doktor«, sage ich, »es geht um Folgendes: »Ich bin Universalspenderin! Jetzt weiß ich zufällig, dass von dem Stoff ständig eine Menge gebraucht wird. Und zufälliger- sowie glücklicherweise ist es bei mir gerade so, dass ich Kapazitäten frei habe, und daher schlage ich vor, Sie machen mich zum Dauerspender und ich komme so gegen 11 oder 12 Uhr vorbei. Jeden Tag.« Das »jeden Tag« hänge ich extra an das Ende meiner Rede, denn dadurch wird meine Bereitschaft, die Welt wirklich durch meine Taten zu retten, untermalt. »Natürlich außer sonntags. Da haben Sie ja geschlossen«, füge ich hinzu. Ich zeige damit, dass ich mich mit meinem neuen Hauptarbeitgeber intensiv beschäftigt habe und vorbereitet bin. Ich habe sogar schon mein Monatsgehalt ausgerechnet, das bei 600,– EUR liegen müsste. Grundgehalt. Der Rest müsste dann als steuerfreie Prämie für überdurchschnittliche Bereitschaft und Arbeitseinsatz auf mein Konto überwiesen werden. So an 2000,– EUR hatte ich da gedacht, will das aber erst später verhandeln. Bloß nicht mit der Tür ins Haus fallen.

»Sind Sie betrunken?«, fragt mich der nette Herr Doktor, nachdem er herzlich lachen musste und sich dadurch seine Nackenstarre gelöst hat. »Nein. Mein Blut müsste so rein wie 100%iger Alkohol sein.« Schlechtes Beispiel, dünkt es mich, ich korrigiere: »Also eher so rein wie das Wasser von Köln.« Nicht viel besser. Könnte sein, dass dies mein Bewerbungsgespräch zum Kippen bringt. Leicht bedröppelt blicke ich den Mann im weißen Kittel an, da fällt mir sein Namensschild auf. Er heißt Dockter mit Nachnamen. Das gefällt mir. Herr Doktor Dockter. Der Mann musste ja Arzt werden! Ich bin begeistert. Und ärgere mich auch ein wenig. Natürlich hätte ich bei der Hotline in der Computerbranche nie anfangen dürfen. Meine Berufung ist der Verkauf von Lampen. »Frau Schimmer, bringen Sie dem Kunden mal bitte die Dimmer!« Jetzt muss ich auch schmunzeln. Herr Doktor Dockter nimmt mich nicht ernst. Ich mich auch nicht mehr. »Die Hämoglobinwerte sind in Ordnung. Bitte warten Sie im Flur. Sie werden aufgerufen.« »Danke«, erwidere ich, »einen schönen Tag noch!« »Wiedersehen«, sagt Herr Dockter und schon bin ich aus der Tür. Einen Versuch war es wert.

Die charmante Profistecherin ertastet meine Vene und während sie dabei nicht auf meinen Arm guckt, sondern in die Luft, erzählt sie mir, dass sie mal einen Film daraus machen will: dass eine blinde Schwester hereinkommt, die Vene ertastet und die Nadel ansetzt. Ich bin ein wenig unruhig. Aber sie freut sich so bei dem Gedanken, die Gesichter der Spender zu sehen. Also Spaß haben die hier auf jeden Fall. Jetzt bin ich doch wieder ein bisschen versucht, dafür zu kämpfen, hier eine Stelle zu bekommen. Wenn nicht als Dauerspender, dann vielleicht als ... Ui! Das tat weh! Sie hat immerhin hingeguckt, aber getroffen hat sie trotzdem nicht. Au. Ah!

Fünf Fehlversuche später und um 25,– EUR reicher, stehe ich wieder auf der Straße und fühle mich blutleer wie ein hungriger Vampir. Ich will Menschen beißen! Oder Antonia anrufen. Mich ein bisschen ausheulen und Mitleid bekommen. »Bitte lass mich los.« Mit Punkt. Damit war sicher nicht sofort gemeint. Mit Ausrufezeichen wäre das gewiss was anderes. Erst einmal gehe ich einfach los. Drei Schritte weiter stelle ich fest, dass ich zu schwach bin, Antonia anzurufen. Und ich befürchte, ich muss da wohl ein bisschen Beziehungsarbeit leisten, ehe ich wieder mit uneingeschränktem Mitleid rechnen kann. Zum Menschenbeißen fühle ich mich auch zu schwach. Verdrängungsschlaf – schon wieder! – kommt mir auch nicht richtig vor. Ich lege mich aber trotzdem ein paar Minuten auf die Straße und döse. Zufälligerweise kommt gerade ein kleiner Junge vorbei, den ich bitte, sich auf mich zu setzen und, falls jemand fragt, zu sagen, es sei alles in Ordnung, wir würden nur spielen. Der Junge zeigt mir einen Vogel und geht weiter. Da hat er Pech gehabt, ich hätte ihm dafür auch einen Euro gegeben. Aber wer nicht will ...

Ich liege am Boden und denke an Restalkohol. Wenn ich einen halben Liter Blut abgegeben habe, müsste ja auch eine Menge Restalkohol aus meinem Blut verschwunden sein. Ich denke positiv. Wenn ich eine Dauerblutspenderstelle bekommen hätte, hätte ich mit dem Trinken aufhören müssen. So ist es also ganz gut. Falls sie mein Blut verwenden, kann sich zumindest der Spendenempfänger für eine Weile so schön beduselt fühlen wie ich jetzt.

Nach ein paar Minuten stehe ich wieder auf. Es hat mich keiner angesprochen, ob alles in Ordnung sei. Ich beginne ernsthaft mit den Missstandsjungs zu sympathisieren. Sollte ich den Verein im Telefonbuch finden, trete ich eventuell ein!

Als der Schwindel nachlässt, gehe ich los. Wie ferngesteuert laufe ich durch die Straßen und plötzlich stehe ich vor Lisas Haus. Ich klingele. Lisa öffnet. »Hi, Süße!«

Ich lächle gequält.

»Oh. Was ist passiert? Wenn du jetzt Junkie bist, musst du dir aber das mit den Pflastern abgewöhnen. Das sieht ein wenig uncool aus«, sagt sie und blickt dabei auf meine Armbeugen.

Ich mag den Sarkasmus meiner Freunde. Mit weniger Sarkasmus wären sie vermutlich gar nicht meine Freunde. Mit einem Tick mehr wären sie allerdings auch nicht meine Freunde.

Ich umarme Lisa und folge ihr in die Küche.

»Wo ist Tom?«, frage ich auf dem Weg.

»Der trifft seine Ex-Freundin.« Ich muss gestehen, Lisa und Tom führen eine sehr interessante Beziehung. Sie sind seit über fünf Jahren zusammen und haben eine so unzerstörbare Basis, dass sie nicht einmal daran denken, der andere könnte fremdgehen. Und selbst wenn es so wäre, würden sie sich wieder zusammenraufen, weil nichts größer und besser sein kann als sie zusammen. Also frage ich erst gar nicht nach, ob das wirklich in Ordnung ist, wenn Tom seine Ex-Freundin trifft. »Welche denn? Tina?«

»Nee, Iris«, antwortet Lisa.

»Ach Quatsch, Iris?! Das ist ja nett. Wie geht es ihr? Ist sie in der Stadt?«

»Ja. Offensichtlich. Ihr Mann hat sie rausgeschmissen und jetzt sitzt sie mit drei Kindern auf ihren Koffern und weiß nicht wohin.«

»Oh«, erwidere ich. Und da sieht man mal wieder, dass das Leben ab und an unerwartet ungünstige Wendungen nehmen kann. Bei der Gelegenheit fällt mir meine eigene Misere wieder ein. Aber hier bin ich sicher und Lisa wird alles wieder gut machen. Das war schon immer so. Seitdem wir Freundinnen sind.

Lisa und ich kennen uns aus der Schule.

Damals hat sie mir Tom ausgespannt. Wir waren siebzehn. Später habe ich ihr Andreas ausgespannt. Zu keiner anderen Zeit ist das soziale Gesamtgefüge familiärer als in der Schulzeit. Als Andreas mich dann verlassen hat, hat Lisa mich getröstet. Immerhin konnten wir beide unsere Erfahrungen intimer Herkunft über den Mann austauschen und kamen zu dem gemeinsamen Schluss, dass der Verlust keinesfalls zu bleibenden Schäden führen würde. Bei uns. Ein paar Männer später, als wir dann endlich erwachsen waren, kristallisierte sich heraus, dass Lisa alle unterschiedlichen Typen von Männern getestet und für gut befunden hatte, da jeder in gewisser Weise einen Teil von ihr widerspiegelte, doch in allen Punkten am besten abgeschnitten hatte Tom. Statt einer Pro-und-contra-Liste präsentierte mir Lisa eine ausgetüftelte Bewertungstabelle und mit 98 von 100 Punkten war dann auch klar, dass die Mission »Tom für Lisa« ein gemeinsames Unterfangen werden sollte, das wir erfolgreich zum Ziel führten. Was mich betraf, so hatte ich es vorgezogen, im Laufe der Entwicklung mal eine Frau auf eine Liste wie Lisas zu setzen. Dieser Vergleich in Punkteform wirbelt jegliche Bewertungskriterien durcheinander. Ohne dreidimensionale Quantensprung-Erhebung mit Unbekanntenmissachtungsknopf wird es unmöglich sein, jemals angemessene Vergleichswerte zu erzeugen.

Tom war unmittelbar nach der Schulzeit mein bester Freund geworden und über seine damalige Freundin Tina hatte ich ihm eh schon mitgeteilt, dass es eine dumme Punz sei, die ihn nur ausnutzte und zur Präsentation bei all ihren ach so wichtigen Branchentreffen benutzte. Steter Tropfen höhlt den Stein. Ich fing an, nahezu ausschließlich nur noch von Lisa zu erzählen, wenn ich bei Tom war. Als ich Tom mal zum Essen eingeladen hatte, klingelte fast zufällig Lisa an der Tür, weil sie mir unbedingt ein paar Bücher zurückgeben musste. Das, dachte ich zumindest, hätten wir vorher so abgesprochen. Sie aber brachte nun die Nummer mit dem »Zufällig in der Nähe sein« und keine Bücher. Diese Unstimmigkeit machte unseren Plan noch undurchschaubarer. Ich nutzte die Gelegenheit zur Improvisation und machte ihr eine Szene, weil ich unbedingt meine Bücher wiederhaben wollte. Nicht, dass ich sie brauchte, aber aus Prinzip. Ursprünglich hatten wir geplant, dass das Büro anriefe, wenn Lisa erst mal bei mir war, und ich dann noch mal weg müsse. Diesen Plan hätte uns Tom aber nicht abgenommen. Abends ins Büro gerufen werden, das würde mir nicht passieren können. Also schrie ich ein wenig rum, ließ mir dann Lisas Wohnungsschlüssel geben, um die Bücher halt selbst zu holen. Meine schauspielerischen Fähigkeiten sind bekanntermaßen nicht oscarreif, sodass ich meine Szene ein wenig überzog und noch in dem Moment, in dem ich aus meiner

Wohnung floh und die Tür zugeworfen hatte, lautes Gelächter vernahm. Von Lisa und von Tom. Ich ging zu Lisa in die Wohnung, nahm mir einen Prosecco und ein paar Salzstangen. Gerade hatte ich es mir vor dem Fernseher gemütlich gemacht, als auch schon Lisa anrief und sagte, ich könnte wieder zurückkommen. »Mission erfüllt!« Tom fand es sehr charmant, dass wir uns so viel Mühe gegeben hatten. Er war ganz gerührt und gestand uns, dass das gar nicht nötig gewesen wäre. Er hätte Lisa eh den Hof machen wollen und war an dem Abend zu mir gekommen, um zu fragen, wie er es wohl am besten anstellen könnte. Zwei, die füreinander gemacht sind! Wenn Tom und Lisa sich in einem Raum befinden, habe ich manchmal Angst, dass der Raum platzt, weil er so voller stets schwellender Liebe ist.

Das Einzige, was unter der Zusammenführung der zwei Liebenden Lisa und Tom gelitten hat, ist ihr Haushalt. Unordentlich und unordentlich ergeben nicht ordentlich. Also räume ich einen Stapel Papiere, drei Socken und die Nudelmaschine vom Küchenstuhl und lasse mich fallen. Lisa macht einen Kaffee. Was ich an Lisa und Tom besonders schätze, ist zum einen ihr Kaffee und zum anderen, dass sie nicht in diesen »Wir-Beziehungsmodus« übergegangen sind. Sie können »ich« sagen und wenn ich Lisa auf dem Handy anrufe, geht Lisa dran, wenn ich Tom anrufe, geht Tom dran. Ich finde nichts schlimmer, als wenn man ein massiv feminines Problem hat, wie zum Beispiel die Kleidungsauswahl kurz vor einem Date, und die beste Freundin dringendst braucht und ihr Freund geht dran. Dann gibt es nur eine Möglichkeit rauszufinden, ob die Freundin wirklich nicht in der Nähe oder ihr Mann nur zu faul ist, aufzustehen und nach ihr zu rufen: »Du, hör mal, ich wollte fragen, vielleicht kannst du ja auch was dazu sagen, ich hab seit einiger Zeit so ein tierisches Ziehen im Unterleib ...« – »Schaaaaaaatz! Telefon für dich!«

Aber ich habe meine beste Freundin schon gut gewählt.

Lisa stellt den Kaffee vor mich hin und räumt flugs ein Backblech, ein paar Büroklammern und eine Blumenvase von ihrem Stuhl. Dabei zieht sie entschuldigend die Schultern hoch.

»Was macht ihr, wenn hier mal Kinder wohnen?«, frage ich sie.

»Wieso? Wessen Kinder?«

»Weiß nicht. Die, die mal jemand hier vergessen hat oder so. Ich meine, ihr müsstet sie ständig suchen unter all den Dingen hier. Am Anfang sind die auch noch relativ klein und man kann aus Versehen drauftreten!«

Lisa lacht: »Aber die kommen doch von selbst, sobald sie Hunger haben, oder?«

»Weiß nicht. Naja, notfalls kann man ihnen Leuchtdioden und einen Pieper umbinden.«

»Wenn ich fünfunddreißig werde, fange ich an mit Ordnung halten und Rauchen. Versprochen. Also, was ist los mit dir?«

»Gefeuert.«

»Cool!«

»Wieso cool?«

Lisa erklärt es mir sehr einleuchtend. Nicht, dass ich es nicht schon gewusst hätte, aber jetzt, wo es vollzogen ist, hört sich das sehr positiv an für mich. Ich telefoniere nicht gerne, ich stehe auf Kriegsfuß mit Computern und eigentlich habe ich Architektur studiert. Also ich kann mit Computern umgehen, aber die nicht mit mir. Ich erfülle meine Aufgaben mit schnellstmöglicher Umsetzung. Das heißt, wenn der eine Prozess noch nicht ganz gerechnet ist, kann ich schon den Cursor klickend-tickend über den Bildschirm fliegen lassen und wenn der Computer nicht nachkommt, dann ist das sein

Problem! Als ich das erste Mal vor einem Computer saß, der zwei Bildschirme hatte und ich rausfand, dass der Cursor der Mausbewegung über den einen Bildschirmrand hinaus auf den nächsten Monitor übersprang, war ich fest davon überzeugt, dass es nicht mehr lange dauern würde, bis der Cursor durch den ganzen Raum zu bewegen war. Dann muss man nicht mehr aufstehen, sondern kann den Mauszeiger auf den Liebling richten, der aus dem Bad kommt, und sagen: »Schatz, du hast da einen Fleck auf dem Hemd!« »Wo?« – »Na, da, wo der Pfeil hinzeigt ...«

Aber ich bin auf der anderen Seite auch sehr interessiert an Computern. Als ich eines Abends davor saß, fragte ich mich, wie viele Zellen ein Excel-Sheet hat. Durch einmal ganz runter Scrollen und einmal ganz nach rechts sollte sich das wohl rausfinden lassen. Allerdings fand ich meine Freizeit dafür etwas zu schade. Also wartete ich bis zum nächsten Morgen. Im Büro hat man einfach mehr Zeit und auch Muße zu so etwas. Außerdem kann man dabei sehr beschäftigt aussehen.

16.777.216 Zellen, 256 Spalten, 65.536 Zeilen.

Das war in meiner ersten Arbeitswoche bei SoftDotCom. Als ich kurze Zeit später herausfand, dass mein Arbeitsplatz kameraüberwacht ist, dachte ich mir, ich hätte meine elementar wichtige Frage besser googeln sollen. Der Chef ließ sich auch nicht davon überzeugen, dass man das wissen muss. Aber es könnte ja sein, dass mal ein Kunde nachfragt! Meine erste Abmahnung habe ich mir gerahmt und auf den Schreibtisch gestellt. Ein Wunder, dass ich so lange dageblieben bin, bei ComDortSoft.

Lisa sieht das genauso. »Du solltest was mit Kunst machen. Oder wieder zur Architektur zurück«, sagt sie.

»Erst einmal werde ich mich wohl kunstvoll ins Arbeitslosenamt schwingen«, erwidere ich.

»Agentur für Arbeit, Herzchen, Agentur für Arbeit.« Lisa

verbindet Klugscheißern immer mit Kosenamen, die sie sonst nie verwenden würde.

»Naja, also der Verein, der einst 100.000,– EUR zahlte, damit aus dem roten A auf Weiß ein weißes A auf Rot wurde. Ich hätte das Geld genommen und dafür noch einen Untertitel in das Logo gebastelt. Nämlich: ›Ich liebe es.‹ – Gut, oder?«

Lisa guckt mich fragend an und lässt mich ausreden. Dann wird wahr, was ich fürchte: Sie will wissen, warum ich gefeuert wurde.

»Melissengeist ... Medizin«, antworte ich wahrheitsgemäß.

»Och, Suza! Das ist doch Kacke.« Ich mag diesen mitleidigen Blick nicht und versuche umgehend meine Tat ausführlich zu erklären.

»Antonia hat mir eine Mail geschrieben und ich hab gestern Morgen meine Mails gecheckt, was ich eigentlich nicht mache, also immer erst wenn ich im Büro bin, und da hab ich ja keine Chance, an Alkohol zu kommen, da ich aber ein bisschen früher aufgewacht war, hab ich halt geguckt und Antonia hat geschrieben: »Bitte lass mich los.« Mit Punkt. Stell dir vor, mit Punkt! Was soll denn das? Und ich musste mich irgendwie betäuben, um durch den Tag zu kommen, und dann hab ich ein suboptimales Kundengespräch geführt ...«

»Okay«, unterbricht mich Lisa, »verstehe.«

»Echt? Ich nicht«, erwidere ich prompt.

»Sie hat mit dir Schluss gemacht.«

»Ja. – Neeeeee! Sie will nur mehr Freiheit haben. Das renkt sich schon wieder ein.«

»Süße ...«

»Süße« ist der Kosename, den Lisa verwendet, wenn sie einem weismachen will, dass sie einen wirklich lieb hat, einem aber nun trotzdem unmittelbar sofort klarmachen muss, dass man ein Riesenidiot ist. Gnädigerweise gewährt mir Lisa einen kurzen Aufschub bis zu ihrer Standpauke. Kommentarlos steht sie auf, holt den Cognac aus dem Schrank und schüttet mir einen kräftigen Schluck in den Kaffee. In ihren auch. Da wären wir dann wohl angekommen: hauptberuflich Hobbyalkoholiker. Ich nicke dankend und Lisa spricht: »Wie lange ging das mit euch jetzt? Fünf Jahre?« Ich nicke erneut – nicht dankend.

»Suza, die Frau hat sich niemals zu dir bekannt. Sie hat niemals gesagt, dass sie jetzt zu dir zöge und – Achtung: wichtiger Punkt! – ihren Mann für dich verlässt!«

Ich verdrehe die Augen. »Lisa, du bringst zum Faustkampf auch gleich immer die Pumpgun mit! Das ist doch nicht der Punkt.«

Lisa wirkt nun ein wenig sauer. Ich vermute, dass es daran liegt – ich meine mich dunkel erinnern zu können –, dass sie mir diese Rede nicht zum ersten Mal hält. Nur anfangs sprach sie von zwei Monaten, dann einem Jahr, jetzt sind es dreieinhalb. ... Ha! Das spricht für mich. Nach jeder dieser Reden war ich weiter mit Antonia zusammen. Also wird es dieses Mal auch mit uns weitergehen. Ich lächle.

»Nein, Suza! Nein! Nur weil du nicht zum ersten Mal an diesem Punkt bist, heißt das nicht, dass es jetzt nicht wirklich vorbei wäre. Und damit komme ich zum Punkt ...« Sie legt eine dramaturgisch wertvolle Pause ein. Ich hasse sie dafür. Ihre Redepausen sind viel besser als meine. Dann fährt sie fort: »... nämlich dem Punkt!« Okay, ich bin beruhigt. Das war nicht dramaturgisch wertvoll. Ohne Pause hätte es sich einfach nur bescheuert angehört: »... ich komme zum Punkt, nämlich dem Punkt ...« – O Gott, sie kommt auf *den* Punkt!

»Ja. Ja. Sprich nicht ein Wort mehr!«, entgegne ich meiner erbittert in Rederage geratene Freundin. »Dieser Punkt macht mich wirklich sehr, sehr traurig!«

Wir trinken schweigend unseren hochprozentigen Kaffee

und ich freue mich, weil ich für den Moment davon überzeugt bin, dass diese Flüssigkeitszufuhr meinen Blutverlust
von geschätzten sieben Litern kompensieren wird. Und wenn
nicht, kann ich mich zumindest so besaufen, dass ich vergesse,
se, dass ich Blut spenden war.

»Also, was mache ich jetzt mit meinem Job?«, frage ich.

»Weißt du was, Suza … wegen des Jobs würde ich mir
keine Sorgen machen. Und was Antonia betrifft: Hak sie ab.
Kaputt, neu!«

Nicht viele wissen von Antonia und mir. Uns war die Gefahr
immer zu groß, dass es die Runde macht und irgendwer es
irgendwem erzählt, der zufälligerweise ein Irgendwer ist, der
im Dunstkreis von Antonias Mann verkehrt und es ihm
erzählt. Das Schwierige an der Sache ist nur, dass man seine
Stimmungen und Launen anderen nicht erklären kann. »Du,
ja nee, mir geht's heute nicht so gut, weil meine Affäre
gestern Abend lieber mit ihrem Mann zusammen sein wollte
als mit mir. Hier, ist die Antonia, kennste doch auch! …«
Also sind, seit ich mit Antonia zusammen bin, besonders Lisa
und Tom wichtig für mich. Tom erklärt mir alles aus männ-
licher Sicht und Lisa unterstützt mich mit Frauenpower.

Allerdings überlege ich gerade, ob das Wort »unterstützen« noch ganz zutrifft. Ich habe den Verdacht, dass Lisa es
mittlerweile viel lieber sähe, wenn Antonia und ich nicht
mehr zusammen wären.

»Lisa. Du weißt, dass ich nie – niemals! – jemanden so
geliebt habe wie Antonia, oder? Und das Phantastische an
der Sache ist, dass es ihr genauso geht.«

»Hör mal, Suza, ich stehe dir gerne immer beiseite und
höre mir zum tausendsten Mal deinen Liebeskummer mit
dieser Frau an. Und werde das sicher auch noch in Zukunft
tun. Aber so, wie du das erzählst, fürchte ich, dass sie nun

endgültig mit dir Schluss gemacht hat. Und wie ich finde, nicht gerade auf eine sehr korrekte Art.«

Ich schweige. Dieses Hin und Her mit Antonia geht jetzt schon so lange so. Und irgendwie habe ich ganz urplötzlich das Gefühl, dass ich jetzt weder drüber nachdenken noch gar darüber reden möchte. Und heute ist Samstag. Bleibt also noch ein ganzer verkaterter Sonntag, um Lösungen in Sachen Job-Misere zu finden.

»Weißt du was, Lisa?«

»Was denn, Suza?«

»Weißt du, was mir wirklich am Herzen liegt und auf der Seele brennt, Lisa?«

»Sag es mir, Suza.«

»Ich will unbedingt und endlich Ikea schreiben, dass ich überhaupt gar nicht damit einverstanden bin, auf ihren dämlichen Schildern geduzt zu werden!«

Ein breites Grinsen legt sich auf mein Gesicht und zieht Lisa in Bann. Schneller, als der Cognac in den Kaffeetassen nachgegossen ist, liegen Zettel und Stift auf dem Tisch und wir schreiben und schreiben.

In dem Moment, als uns der größte Lachflash des Mittags ereilt, räuspert sich jemand, der unbemerkt in unsere Nähe getreten ist. Tom. Er sieht uns fragend an, riecht dann an den Kaffeetassen und nickt verständnisvoll.

»Bleibst du heute hier, Suza? Wir könnten später grillen. Und außerdem würde ich dann einfach mal Bier holen. Besser als Cognac-Kaffee.«

»Ich würde sehr gerne hierbleiben heute«, antworte ich glücklich. Heute muss ich mir über gar nichts mehr Gedanken machen.

Lisa und ich verfassen einen fulminant perfekt ausformulierten Brief an Ikea. Wir beschließen, ihn unmittelbar jetzt und sofort zum Briefkasten zu tragen. Tom verdreht lächelnd die Augen, als wir mit je einer Flasche Bier und gemeinsam den Brief festhaltend die Wohnung verlassen. Zehn Minuten später kommen wir giggelnd, uns nun aneinander festhaltend, wieder zur Tür hinein. Tom, der arme Kerl, versteht kein Wort von der Fußballkonferenz im Fernseher und dreht die Lautstärke hoch. Jetzt verstehen wir unser eigenes Giggeln nicht mehr, also halten wir simultan inne und gucken Tom verstört an.

»Mädels, ich hoffe, ihr habt einen verdammt guten Grund für euer Verhalten«, sagt er und schaut wieder auf den Fernseher. Wie selbstverständlich geht er davon aus, dass es sich bei meinem Grund um einen Frauengrund handelt, und hält mich bei Lisa für in guten Händen. Er hat recht.

Lisa hat ein Papier neben Tom auf dem Sofa gefunden und hält es triumphierend in die Höhe.

»Was'n das?«, frage ich.

»Ein Werbeflyer mit Anschreiben, von vor ...«, sie wirft einen Blick auf das Anschreiben, »... fünf Monaten.«

Ich verstehe nicht, was sie meint, und sehe sie fragend, vielleicht bereits ein wenig schielend an.

»Ich hab den Brief noch gar nicht beantwortet!«

Großartig, für weitere dreißig Minuten sind wir beschäftigt und kommen zu folgendem Ergebnis:

»Sehr geehrtes Warenversandhaus,

vielen Dank für Ihren netten Brief, auf den ich aus zeitlichen Gründen leider erst jetzt zurückkommen kann. Ich war in den letzten Monaten sehr beschäftigt, um das Geld zu verdienen, das ich nun wieder gerne in ein Warenversandhaus investieren möchte.

Ihr kleiner Prospekt gibt mir dafür einen guten Anhaltspunkt und hilft der Entscheidungsfindung.

Zwar werden die Menschen immer älter, aber die, die nachrücken, werden jünger. Nicht, dass sie jünger werden. Das kann ja kein Mensch, aber Sie verstehen sicher, was ich mei-

ne, wenn ich die Meinung vertrete, dass die Masse der Nach-
rückenden tendenziell eher jung ist.

Aus sicherer Quelle …«

An diesem Punkt müssen Lisa und ich ob unserer Genialität weitere zehn Minuten in unsere Planung einbauen, da wir
uns köstlich über uns selbst amüsieren und weinend in den
Armen liegen. –

»… kann ich mir versichern, dass ich Ihnen versichern
kann, dass Ihr gesamtes Konzept möglicherweise nicht auf-
gehen wird.

Daher kann ich Ihren Fernseher ›PS12B450‹ leider nicht
bestellen, da ich ihn in unmittelbare Verbindung mit der Ware
auf der nächsten Seite in Verbindung bringe, nämlich einer
Kittelschürze in Schwarz-Lila, von einem Hersteller unbekann-
ter Art, lieferbar auch erst ab Größe 40.

Leider muss ich Ihnen mitteilen, dass ich mich selbst für zu
jung für eine Kittelschürze halte und Kleidergröße 36 habe.

Hochachtungsvoll

Lisa Merten«

Wie schön, wir finden noch eine Briefmarke im Schuh-
schrank und tragen auch diesen Brief zu seinem vorüberge-
henden Bestimmungsort – dem Briefkasten. Dass wir bei der
Kleidergröße gelogen haben, verschafft uns in keiner Weise
ein schlechtes Gewissen. Wer weiß, mit was allem wir in dem
Katalog angelogen werden! Ich habe das schon erlebt. Der
Pullover im Katalog war eindeutig indigoblau und als er
geliefert wurde und ich ihn auspackte, war er definitiv eher
kobaltblau. Oder ultramarin …

Als wir zurückkommen, hat Tom den Grill angeschmis-
sen. Was für ein guter Mann! Ein Kilo Bauchspeck später
rolle ich nach Hause und auf dem Weg muss ich an Antonia
denken.

Antonia und ich haben uns vor fünf Jahren kennen gelernt. Ich kellnerte zu der Zeit, um meinen Lebensunterhalt ein wenig zu stabilisieren. Sie kam jeden Morgen ins Café, saß dort, las die Zeitung und fuhr sich hin und wieder durch die blonden Locken. Ich weiß nicht, was mich umtrieb, aber eines Tages setzte ich den Kaffee vor Antonia auf den Tisch und mich auf den Stuhl gegenüber. Und guckte sie an. Sie sah von der Zeitung auf und sagte: »Lass uns woanders hingehen!« Ich erwiderte lächelnd: »Wenn ich jetzt gehe, darf ich nie wiederkommen.« Und sie sagte ernst, mit rauchiger Stimme: »Musst du auch nicht. Jetzt hast du mich ja kennen gelernt.« Im Nachhinein war das schon ganz schön kitschig und das, was folgte, nicht weniger romantisch. Wir gingen spazieren und machten uns über die Jogger lustig, aßen Eis und bewarfen uns mit Gummibärchen. Als es Abend wurde, führte sie mich in ein feines Restaurant. Danach nahm ich sie mit nach Hause und wir schliefen miteinander. Von da an sahen wir uns täglich. In der zweiten Woche beichtete sie mir, dass sie verheiratet sei und einen Sohn habe. Ich war geschockt, schaffte es aber nicht, sie hochkant rauszuwerfen. Ich suchte mir stattdessen einen neuen Kellnerjob, um bloß nicht darüber nachdenken zu müssen, was wir da eigentlich taten. Die Anziehung zwischen uns war sensationell. Ich hatte mein passendes Pendant gefunden. Das war gegen alle Regeln und fühlte sich doch so richtig an. Die Liebe fängt erst an, wenn der Abspann gelaufen ist. Was vorher auf der Leinwand passiert, ist nur ein fulminanter Auftakt. Unser Auftakt lief in Dauerschleife.

Zu Hause angekommen, finde ich noch ein Bier im Kühlschrank und eins für später. Niemand hat mir auf den Anrufbeantworter gesprochen, also überlege ich mir, einen neuen Spruch aufzunehmen. Heutzutage muss man den Menschen eine gute Motivation geben, mit einem zu kommunizieren. Wenn jemand den Spruch mag, mag er vielleicht auch was dazu sagen. Ich versuche es mit »Hallo. Habe mir angewöhnt, nicht ans Telefon zu gehen, wenn ich nicht da bin. Nachricht. Piiiep ...« Ich denke darüber nach, wie schlimm es ist, sollte sich der Anrufbeantworterspruch gelallt anhören. Verwerfe den Gedanken in dem Moment, wo ich samt Bierflasche über die Teppichkante stolpere. Große Schweinerei. Wenn das Bier morgen eingetrocknet ist, sieht man es sicher nicht mehr so. Ich robbe zum Sofa und treffe auf dem Weg die Fernbedienung. Ah, Leichtathletik. Leichtathletik zu gucken ist fast so kalorienintensiv, wie es selbst zu betreiben. Zumindest, wenn man Speerwerfen mit Marathon vergleicht. Pures Gehirnjogging. Gerade wird aber nur eine 4x100-Meter-Staffel geboten. Ich frage mich, ob das um die Zeit eine Wiederholung ist. Wenn nicht, bin ich total angefixt. Liveübertragungen sind das Beste am Fernsehen! Wahrscheinlich, weil alles passieren kann und man sich nicht so betrogen vorkommt. Alles andere ist ja nach Wunsch geschnitten, aber Liveübertragungen lassen sich nur live schneiden. Unangenehm ist allerdings die Einblendung »live«, wenn es schon Stunden vorher aufgezeichnet wurde. Mit dem täglichen Betrug durch Fernsehen, Film und Modekataloge habe ich massive Schwierigkeiten. Ehrlichkeit ist eine Tugend. Ich bin mit einer Frau zusammen, die ihren Mann mit mir betrügt, ich weiß, wovon ich rede.

»Bei der 4x100-Meter-Staffel ist auf der Gegenseite das längste Teilstück.« Das sagt der Kommentator tatsächlich in voller Überzeugung. Unfassbar. Muss man studieren, um Sportjournalist zu werden? Ich fühle mich gezwungen, umzuschalten.

Aha. Ich lasse mich auf einen Bericht ein, in dem ein Mann eine Lokomotive liebt und sie sucht. Leider findet er sie. Enttäuscht hole ich mir die nächste Flasche Bier. Er verbringt die Nacht mit der Lok und wir treffen ihn am nächsten Morgen, wo er uns andeutet, was er mit seiner Lieben getrieben hat. Mir wird schlecht. Man muss sich ernsthafte Sorgen um das deutsche Fernsehen machen. Umschalten! Jetzt lande ich beim Klassiker. Tierfilme. Schön. Ich gucke eine Weile und komme zu dem Schluss, dass Zebras zu filmen genauso ist, wie Menschen mit karierten Hemden zu filmen. Es flimmert. Ich schließe die Augen.

Es ist 12 Uhr, als ich aufwache. Der Kühlschrank ist leer. Um mir Frühstückseier an der Bude zu kaufen, müsste ich mich anziehen. Das fällt aus. Ich kontrolliere die Hose von gestern, ob ich vielleicht ein Doggybag mit gegrilltem Schweinebauch in den Taschen finde. Negativ. Aber mein Schlüssel und mein Handy hängen festgegurtet an der Hose. Das habe ich mir so angewöhnt. Seitdem Schlüsselbänder auf dieser Welt fast häufiger vorkommen als Plastikkarten, kann man fast alles an die Hose binden. Der Vorteil dabei ist, wenn ich mit Hose nach Hause komme, kann ich sicher sein, dass Schlüssel und Handy nicht verloren gegangen sind. Und ich komme meistens mit Hose nach Hause.

Ich ergreife das Telefon und begebe mich durch die Westflügel-Flügeltür auf den Balkon, in der Hoffnung, dass heute der Tag ist, an dem Zigaretten sättigen.

Ist er nicht. Gut, dass ich das Telefon mit habe, so bestelle ich mir eine Pizza Tonno. Als ich auflege, kommen mir Zweifel, denn auch für den Pizzaboten muss ich mir was anziehen. Naja, ich bin bestimmt nicht die Erste, die ihm im Bademantel aufmacht. 32 Minuten bis zur Lieferung. Ich habe Hunger! Eine Dose roher Mais mit Erdbeermarmelade und garantiert käsefreier Frischkäsezubereitung retten mir das Leben. Für 25 Minuten. Dann zieht es mich unweigerlich ins Badezimmer. Dadurch bin ich leider verhindert, die Tür zu öffnen, als es klingelt. Ich halte für die Zukunft fest, dass dieser Pizzadienst sehr pünktlich ist, und mache eine entsprechende Notiz auf dem Flyer. Ich beschließe, dass damit mein

Tageswerk vollbracht ist. Es gibt bessere und schlechtere Tage.

Leider dämmert es mir erst jetzt wieder, dass ich arbeitslos bin und Antonia verloren habe. »Bitte lass mich los.« Mit Punkt.

Sonntag ist immerhin der einzige Tag, an dem arbeitslos zu sein nicht ins Gewicht fällt. ... Ausgenommen, man ist Priester oder sitzt im Zoo-Kassenhäuschen, natürlich.

Liebesverlust dagegen ist an einem Sonntag am Allerschlimmsten. Die Glocken läuten. Es ist kurz vor eins. Warum läuten sie kurz vor eins? Entweder um die Langschläfer zu wecken, damit sie sich noch schnell ins Gotteshaus werfen können, oder einfach, um auch den Letzten aus seinem Sonntag-Koma zu reißen, egal, ob er in die Kirche geht oder nicht. Ich fühle einen gewissen Stolz, dass mich die Glocken dieses Mal nicht erwischt haben. Ich bin schon seit einer Stunde wach und die Glocken zum frühen Gottesdienst um kurz vor neun habe ich nicht gehört. Sehr gut. Ja, man mag sagen, es sei meine eigene Schuld, direkt zwischen zwei Kirchen gezogen zu sein, aber ich habe mich ganz gut damit arrangiert. Außer als der Papst starb. Die Katholiken läuteten halbstündlich Trauer und als die evangelische Kirche, wohl aus Solidarität, auf der anderen Seite meiner Wohnung mit einstimmte, fehlte nicht viel und ich hätte sie verklagt.

Man mag meine Beweggründe egoistisch nennen, aber ich pflege auch ein hohes Maß an religiösem Verhalten: Ich zünde auf Hochzeiten, Taufen, Beerdigungen oder nur so eine Kerze in Kirchen an. Für mich! Dann bete ich, dass der Papst noch lange lebt. Es ist schließlich für einen guten Zweck. Wenigstens kein Geläut!

Dafür freue ich mich schon auf meine Beerdigung. Das ehrlichste Fest im Leben. Alle sind da, keiner redet schlecht über einen und niemand isst mehr, als er kann, nur um den Zahlenden zu schröpfen. Beizeiten werde ich schon mal eine

Playlist erstellen. Mit einer sarkastisch angehauchten Liedauswahl werde ich groß punkten. »Lebt denn der alte Holzmichl noch« käme mir da in den Sinn. Das gefällt jung und alt ...

Heute ist ein guter Tag, um über den Tod nachzudenken. Mit Anfang dreißig bin ich fest davon überzeugt, dass ich am wenigsten trauere, wenn es für mich vorbei ist. Der Gedanke kam mir das erste Mal, als ich vierzehn war. Davon abgesehen, dass es mir dann gar nicht mehr möglich ist zu trauern, kann ich nicht klagen. Das Leben hat mir alles geboten, was ich mir gewünscht habe. Ich habe mir Träume erfüllt, ich habe geliebt, ich habe jeden Tag gelebt. Und jeder schlechte Tag ist nur der Tag vor dem Tag, der wieder besser wird.

Gehen tun sie alle. Manche zu früh, manche zu spät. Tage. Menschen auch. Und weil die Ärzte alles tun müssen, um das Leben zu verlängern, und die Familien nicht den Mumm haben, dafür verantwortlich zu sein, dass die Geräte abgeschaltet werden, gehen manche viel zu spät. Glücklich sein kann man auf zweierlei Weise. Entweder man ignoriert, dass alle schon fast tot sind, oder man findet es nicht schlimm, weil es Teil des Lebens ist. Man muss das doch alles nicht so ernst nehmen – vor allen Dingen nichts, was sicher ist.

Wenn jemand nichts mit sich anfangen kann und zu früh abtritt, könnte man Mitleid für ein vergeudetes Leben haben. Bei einem gehaltvollen gelebten Leben kann man nur sagen: Schade, vorbei. Aber schön war's! Das müsste doch ungefähr für 90 Prozent der Menschen zutreffen. Ein richtig armes Schwein, das sich zu Recht den Tod wünscht, habe ich noch nie kennen gelernt.

Das Telefon klingelt. Ich haste hin in der Hoffnung, es wäre Antonia. Die Nummer ist nicht Antonias. Aber vielleicht ist sie unterwegs und ihr Akku ist alle und sie hatte das dringende Bedürfnis, mich sofort anzurufen, um sich zu entschuldigen, und hat sich ein Handy geliehen oder geklaut …?! In meiner Stimme liegt freudige Erwartung. Am anderen Ende meldet sich Stephan. Ein alter Schulfreund.

Welche Freude. Für ihn zumindest.

»Wie geht es dir?«

»Gut«, antworte ich, was ihn nicht zu interessieren scheint. Er rückt sofort mit seinen sensationellen Neuigkeiten raus.

»Rate was …!«

Bravo, wir spielen Ratespielchen. Niemand rät wirklich auf diese Aufforderung hin. »Du bist todkrank und vererbst mir dein gigantisches Vermögen?« Ich bin versucht, das zu sagen, entscheide mich dann aber brav für: »Was denn?«

»Ich werde heiraten!«

Das ist ganz wundervoll. Kann dieser Tag noch schlechter werden? »Wirklich?« Ich heuchle Begeisterung.

»Ja, ich habe Miriam einen Antrag gemacht und rate, was sie gesagt hat!«

Das wird mir jetzt zu blöd. »Ich nehme an: Schatz, natürlich will ich dich heiraten, du bist saureich und aufgrund günstiger genetischer Umstände hast du einen großen Schwanz, der über deine charakterlichen Schwächen hinwegsehen lässt«, antworte ich wahrheitsgemäß.

Stephan lacht und denkt, ich hätte einen Spaß gemacht.

»Nein. Natürlich nicht. Sie hat *ja* gesagt!«

Ich versuche meine Taktik zu ändern und dieses Gespräch schnell zu beenden. »Das ist wirklich schön für dich, Stephan. Ich gratuliere!«

»Danke. Wahnsinn, oder?!«

»Im wahrsten Sinne, Stephan! Hör mal, ich bin leider gerade auf dem Sprung. Lass uns die Woche noch mal telefonieren.«

»Okay. Aber sag, wie geht es dir?«

»Alles gut. Danke. Läuft.«

»Okay. Bis bald dann.«

Ja, bis bald. Tschau!«
Ich lege auf und falle zurück auf das Sofa. Hoffentlich ist Lisa auch zur Hochzeit eingeladen. Wir werden uns völlig überfressen, nur um das Brautpaar zu schröpfen! Menschen mit bösem Charakter haben meistens das größte Glück im Leben. Als unmittelbare Bestätigung beweist mir dies der Fernseher. Da fängt just in diesem Moment ein Miss Marple-Film an. Sehr gut. Der Sonntag ist gerettet. Noch ein paar schöne Heimatfilme hintendran und der Tag wird schneller rumgehen als erhofft. Ich summe die Anfangsmelodie mit.

Montagmorgen. Das Leben geht weiter. Ist auch mal ganz schön, nicht arbeiten gehen zu müssen an einem Montag. Ein paar Mal im Leben braucht man das unbedingt. Um dem schlechten Gewissen entgegenzuwirken, weil ich nicht arbeiten gehen muss, räume ich die Wohnung auf, und kurz vor Feierabend – der Agentur für Arbeitslose: also um kurz vor zwölf – verlasse ich mit einem großen Karton Altpapier und Müll die Wohnung. Ich kann beim Gehen zwar nicht wirklich an den Kartons vorbeigucken, aber wenn ich falle, werd ich wohl weich fallen. Notiz an mich selbst: Heute nach vorne fallen.
Als ich auf die Hauptstraße biege, kommen mir zwei Parteimitglieder mit Flyern entgegen. Nicht schon wieder! Und tatsächlich, sie wollen mir einen Flyer in die Hand drücken. Was soll ich tun? Ich bleibe ehrlich. »Sorry, ich hab keine Hand frei ...« In diesem Moment sehe ich am Karton vorbei ihre neonfarbenen Leibchen, mit denen sie sich durch den Tag quälen müssen und auf denen dick der Name der Partei steht. Wie treffend, denke ich und ergänze meinen Satz durch: »... noch nicht einmal die Linke!« Dabei freue ich mich wie ein kleines Kind über mich selbst und meine geis-

tesgegenwärtige Wortwitzfähigkeit. Und ich sehe es genau, auch die Parteifreunde können sich ein Schmunzeln nicht verkneifen. Bis zum Altpapiercontainer hält meine Freude an, dann bin ich auch schon bei der Agentur.

Die nette Dame am Empfang hilft gerne. »Sie wollen sich arbeitslos melden.«

»Richtig!«

»Sind Sie Akademiker?«

Mir sitzt der Schalk im Nacken. Ich kann es mir nicht verkneifen: »Aka... was?«

»Ob Sie studiert haben.«

»Ach so. Ja. Studiert. Hab ich. Aber die Zeugnisübergabe aus Gewissensgründen verweigert und lieber die Wirtschaft unterstützt, indem ein Briefträger beauftragt und bezahlt werden musste, mir das Zeugnis vorbeizubringen. Ich hatte auch gehofft, der Postbote sei schön oder besser noch eine Frau und am allerbesten beides. Dem war aber nicht so. Da kann ich Ihnen jetzt gar nicht sagen, was genau in dem Zeugnis stand ...« Und das stimmt. Ich vergesse regelmäßig meine Abschlussnote. Ich habe einfach keinen Sinn für Zahlen.

»Gehen Sie zum Zimmer 149. Erster Stock, bitte.«

»Sehr wohl. Danke!« Ich winke der freundlichen Dame höflich zum Abschied zu und begebe mich zur Treppe.

Eine Dreiviertelstunde später verlasse ich die Anstalt wieder. Fünfunddreißig Minuten die Tür suchen, dabei zehn Leute fragen, welche Nummer die Tür noch einmal hat, nur fünf Minuten warten wegen Akademikerbonus und auch nur fünf Minuten Beratungsgespräch, vermutlich ebenfalls wegen Akademikerbonus.

Ich bin von dem Gespräch beeindruckt. Wenn ich genug arbeitslos gewesen sein werde, kann ich mich selbstständig machen, und mit einer freiwilligen Arbeitslosenversicherung kann ich danach wieder arbeitslos sein und werde nicht nach meinen Umsätzen eingestuft, sondern nach meinem Abschluss! Als Akademiker bekomme ich das meiste Geld. Phantastisch. Erst setzt der Staat viel Geld in mein Studium, was so viel länger dauert und viel später anfängt als, sagen wir, eine Schreinerlehre, und jetzt wird mir schon wieder ein Vorteil in Aussicht gestellt, wenn ich lieber nicht arbeite. Was will die Regierung eigentlich? Ich habe den Verdacht, es ist erwünscht, dass die Spezies der arbeitslosen Akademiker gehegt, gepflegt und vermehrt wird, damit man um so besser darüber reden kann, wie sie sich reduzieren lässt. Vielleicht wegen der schönen Alliteration: »Arbeitslose Akademiker« kommen gut in jeder Bundestagsrede.

Beschwingt hüpfe ich aus dem Betonkomplex meiner nächsten Mission entgegen. Beim Aufräumen habe ich noch Schweizer Franken aus meinem letzten Urlaub mit Antonia gefunden, die ich jetzt in bare Euromünze wandeln werde.

In der Bank bin ich fast versucht, der Schalter-Tante meine neuen sensationellen Erkenntnisse aus der Agentur zu erzählen. Auf der anderen Seite, fürchte ich, könnte das zu Neid und Missgunst führen. Dabei ist ja nichts Schlimmes an einer Bankausbildung. Hätte mich auch interessiert, wenn ich, wie bereits erwähnt, was mit Zahlen anfangen könnte. Für Architektur hat es zwar gereicht, wegen der Bildchen zu den Zahlen, aber für die Bank? Keine Chance.

Das erzähle ich nun der Dame von der Bank als Erstes, damit sie sich besser fühlt. Die Geschichte, dass meine Eltern aber lieber wollten, dass ich auf dem Bau mithelfe, und sie mir immer sagten, ich sei zu dumm für eine Ausbildung, ist dann zwar ein wenig übertrieben und auch gelogen, doch überkommt mich das Bedürfnis, ein bisschen plaudern zu wollen. Ich bin mir nicht sicher, ob der Blick der Bank-Dame bedeutet: »Das tut mir so leid. Bitte erzählen Sie mir mehr von Ihrer erbärmlichen Kindheit.« Oder meint er doch eher: »Was kann ich denn nun für Sie tun?« Um das herauszufinden, stelle ich ganz investigativ eine Frage: »Arbeiten Sie gerne hier?« Ich finde das wichtig. Denn nur wenn die Bank-Dame Freude an ihrer Arbeit hat, kann sie mich auch entsprechend gut bedienen. Sie ignoriert meine Frage und sagt: »Was kann ich denn nun für Sie tun?«

Ich reiche ihr den Frankenschein und warte.

»Oh, jetzt weiß ich den Kurs gar nicht.« Hektisch sucht sie im Computer. Ergebnislos. »Da muss ich mal kurz den Kollegen anrufen.«

»Bitte, gerne«, erwidere ich. Sie ruft den Kollegen an. »Wo finde ich denn die Kurse?«, fragt sie. Wie sich herausstellt, ist der Kollege gerade im Keller. Das ist eine Steilvorlage. Mit einem Quäntchen Humor muss sie diese Vorlage nutzen und fragen: »Sind die Kurse bei dir?« Ich warte gespannt. Sie sagt: »Okay. Dann rufe ich den Schmidt mal an.« Die Menschen hier haben keinen Humor. Ich werde mich auf keine Stelle bei der Bank bewerben. Auch wenn ich das schon vorher gewusst habe, jetzt bin ich mir sicher.

Überraschend erlangtes Geld sollte man sofort ausgeben, denke ich mir und schlendere in den nächstbesten Laden. Meine Shoppingtour dauert recht lange, aber sie macht mich glücklich. In einer gewissen Art.

Zu Hause packe ich meine Einkäufe aus. Dabei sind auch ein frischer Thunfisch, ein Rinderfilet und eine Flasche Champagner. Man wird nicht alle Tage gefeuert. Zum Essen werde ich meinen neuen Pullover tragen und meine neue Unterwäsche. Und vielleicht meine neuen Schuhe. Vielleicht.

Zunächst einmal werde ich die Wohnung aufräumen. Erst bei der Suche nach meinem USB-Stick fällt mir auf, was mir fehlt – zum einen: definitiv Ordnung in meinem Ordnerschrank, zum anderen mein Fahrradschlossersatzschlüssel und mein Haftpflichtversicherungsvertrag. Hätte ich mal lieber nicht angefangen, meinen USB-Stick zu suchen! Es wäre mir nie aufgefallen, dass die anderen Dinge fehlen.

Also, bevor Langeweile aufkommt, wird der ganze Schrank jetzt knallhart ausgeräumt, geordnet und wieder eingeräumt. Dabei mache ich noch nebenher die Ablage der letzten siebzehn Monate und überlege, dass ich meine Pflanzen ein wenig umtopfen könnte. Als ich damit fertig bin, kommt mir der Gedanke, dass das Sofa auf der anderen Seite des Raumes eventuell besser aussehen könnte. Da kann man sich alles Visualisieren sparen, das muss man ausprobieren. Meine Ahnung bestätigt sich. Leider passt jetzt der Schrank nicht mehr an die Wand. Ein neuer Platz muss her. Vielleicht da, wo das Bücherregal steht. Nur, wo kommt das dann hin?

Drei Stunden später erkenne ich mein eigenes Zuhause nicht mehr wieder, bin aber positiv überrascht. Tine Wittler brauche ich nicht! Ich falle hundemüde ins Bett. Zum Glück habe ich den Champagner beim Räumen getrunken. Und das Bier, das ich gekauft habe. Den Fisch schaffe ich heute nicht mehr. Morgen ist der auch noch fast frisch.

Dienstag. Ich wache auf und habe Langeweile. Meine Wohnung sieht aus wie geleckt. Liebe weg, Job weg, aber die Wohnung blitzt und blinkt. Kurzfristig denke ich, die Lösung, um all dies zu relativieren, wäre der sofortige Kauf eines Haustiers. Am liebsten würde ich meinen Balkon mit Erde aufschütten, um eine Erdmännchenkolonie zu züchten! Ich setze mich vor die Balkontür und betrachte sie eine Weile. Zwar könnte ich den Balkon dann nicht mehr nutzen und die Tür nicht mehr aufmachen, aber ich könnte die Erdbauten durch die Scheibe beobachten. Füttern könnte ich die Tierchen über das Zimmer im Stock darüber. Nicht schlecht. Füttern ist ein gutes Stichwort. Ich bemerke, dass ich Hunger habe. Das trifft sich gut, denn es beweist, dass ich noch in der Lage bin, Gefühle zu haben.

Also einkaufen. Der Thunfisch im Kühlschrank passt mir

nicht zum Frühstück. Ich schlurfe zum Supermarkt und wundere mich, was all diese Menschen mitten am Tag in der Stadt machen! Sind die alle arbeitslos? Das ist gut. Ich fühle mich nicht mehr ganz so allein. Zwei Männer treffen aufeinander und kommen ins Gespräch. Sie scheinen sich zu kennen. Daran müsste ich wohl jetzt arbeiten: Dass ich hier jemanden treffe, den ich kenne, um diese Zeit! Ist mit an Sicherheit grenzender Wahrscheinlichkeit nicht möglich. Die arbeiten ja alle. Im Supermarkt jemanden kennen lernen schließe ich auch aus. Zum einen bin ich stets reizüberflutet und schwer desorientiert, seitdem der Supermarkt umgeräumt wurde, zum anderen bin ich gereizt, weil sie die Gänge so eng gebaut haben, dass mein Einkaufswagen im Leben nicht an den fetten Porsche-Kinderwagen mit integriertem Spielzimmer, Windellager und Zweitkindschubfach vorbeikommt. Und dann sprich mal eine genervte Mutter mit schreienden Blagen an der Hand an, dass sie ihren blöden Statussymbol-Hightechbuggy bitte doch eventuell einen Zentimeter zur Seite schieben soll! Da ist der Ärger vorprogrammiert. Entweder weht einem eine Hasstirade ins Gesicht oder ein schwerer Seufzer zieht einen umgehend selbst so weit runter, dass man vor Mitleid weinen und anbieten möchte, die Kinder für ein paar Tage in Pflege zu nehmen.

Außerdem würde mich auch keiner ansprechen, wenn er in meinem Wagen sieht, wie sich meine Grundnahrungsmittelauswahl zusammensetzt. Deswegen würde mir auch keine Mutter ihr Kind in Pflege geben. Ich kann aber allerdings kochen. Behaupte ich. Aber das lasse ich mir nicht anmerken, damit ich es nicht tun muss.

Plötzlich schäme ich mich kurzfristig für meinen Lebenswandel. Da wenigstens das etwas ist, was ich spontan ändern kann, entscheide ich mich, mir selbst ein Luxusfrühstück zu kredenzen. Eine gefühlte Ewigkeit später – allein die Suche nach frischen Kräutern hat fünfzehn Minuten gedauert –

stehe ich mit Lachs, frischen Eiern, Marmelade, Brötchen, Speck, Roastbeef, Ziegenkäse, Schafskäse, Camembert, Butter und einer erlesenen Auswahl von frischen Früchten sowie zwei Flaschen Sekt an der Kasse. Heute habe ich endlich mal Zeit und versuche mein Fließbanddomino zu perfektionieren. Also eigentlich ist es der erste Versuch, das in der Theorie Mögliche in die Praxis umzusetzen. Ich setze meine Waren in einem exakt ausgerechneten Abstand Stück für Stück hintereinander. Wenn ich jetzt die Zigaretten aus dem neben dem Laufband installierten Zigarettenvollautomaten anfordere, müssten die paar Sekunden, die die Zigaretten brauchen, um aufs Band zu schießen, genau ausreichen, damit die Schachtel die Packung Kekse so trifft, dass sie kippt und auf den Toast fällt, um ihn umzustoßen und so weiter.

Die Zigaretten schießen kurz hinter dem Toast aufs Band. Nichts kippt. Ich fluche laut, was von der Kassiererin nur mit einem belehrenden »Die Flaschen bitte aufs Band legen und nicht stellen!« kommentiert wird. Was für eine Ignorantin. Genau die gehört doch zu denjenigen, die beim nächsten »Domino Day« Stunde um Stunde zusehen, wie ein paar kleine Steinchen auf ein paar andere kleine Steinchen kippen!

Zurück zu Hause, bereite ich mir mein Luxus-Frühstück. Dass es mittlerweile zwei Uhr ist, lasse ich dabei außer Acht. Ich schneide Schnittlauchstückchen, brate Rührei mit Speck und bereite eine Käseplatte zu. Als ich vor dem gedeckten Tisch sitze, habe ich keinen Hunger mehr. Mir schwant, ich bin ein wenig unleidlich heute. Ich trinke eine halbe Flasche Sekt und baue meine Frühstücksbauten wieder zurück.

Das Gute am Arbeiten ist, dass man morgens dumpf aufsteht und sich an den Ort des Geschehens begibt. Wenn man aber darüber nachdenken muss, wie und womit man seinen Tag gestaltet, ist das eine schwere Aufgabe.

Zehn Minuten später habe ich neuen Mut gefasst und mich fürs *Whore Watching* entschieden. Wenn ich schon nicht sagen kann, was die Menschen mitten am Tag in der Stadt machen, kann man sich ja mal angucken, wie andere in anderen Berufen den Tag verbringen.

Vor den Toren Kölns steht ein kleiner Wohnwagen. Davor steckt, von der Straße aus gut sichtbar, ein Plüschherz auf einem Stab in der Erde. Ich bin immer nur im Auto daran vorbeigerauscht und habe mich jedes Mal gefragt, wie frequentiert dieses Business wohl ist. Um das herauszufinden, hilft nur eins: hinfahren und gucken. Natürlich könnte ich mich auch einen Tag in die Tierhandlung stellen und gucken was passiert, aber beim *Whore Watching* fahre ich wahrscheinlich nicht mit einem neuen Haustier nach Hause.

Mit im Gepäck habe ich einen Campingstuhl, in meiner Trinkflasche ist ein Aperol-Sekt-Gemisch und eine Packung Kekse führe ich auch bei mir. Vielleicht bekomme ich ja Hunger. Nach einer halben Stunde ambitionierten Radelns bin ich am Ziel. Ich entschließe mich, auf der anderen Straßenseite Position zu beziehen. Zielstrebig baue ich meinen Stuhl auf, hole Strohhut und Sonnenbrille aus dem Rucksack, setze mich, strecke die Beine von mir, hänge mich an den Strohhalm der Trinkflasche und gucke. Lange Zeit passiert gar nichts. Statt über Antonia nachzudenken, lasse ich die Gedanken schweifen und überlege, ob es nicht sinnvoll wäre, mich selbstständig zu machen. Wir sind in der Krise und es ist Sommer. Antizyklisch bietet immer eine Chance. Ich könnte meine Selbstständigkeit mit einem Sommerloch beginnen.

Interessiert schaue ich rüber zum Liebesmobil, wo eine Dame im knappen pinken Röckchen mit schwarzen Rüschenstrumpfhosen den Wagen verlässt, sich in einen Liegestuhl fallen lässt und liest. Vielleicht ist es nicht der richtige Moment, über Sommerlöcher nachzudenken ...

Madame Pink macht gar nichts. Wie langweilig. Sie sitzt da und liest. Dann verschwindet sie im Auto, kommt wieder mit einer Flasche Sekt in der Hand und einem Kelch. Sie schüttet sich ein Glas ein und trinkt genüsslich. Das gefällt mir. Ihr Sekt ist sicher kalt, im Gegensatz zu meinem. Vielleicht spielt ein gewisses Klischeedenken mit, aber ich hätte gedacht, sie würde den Sekt aus der Flasche kippen.

Ein Auto hält an. Madame und ich gucken gespannt, was passiert. Der Fahrer wartet auf eine Lücke im Verkehr und wendet dann, braust davon. Hm. Jetzt sieht sie zu mir rüber und winkt. Ich schreie auf die andere Straßenseite: »Hey, kann ich die Buchhaltung für dich machen?« Madame lächelt und winkt mich herbei. Ich packe meine Sachen ein und wechsle die Straßenseite. Madame reicht mir die Hand und stellt sich vor: »Hallo. Ich bin die Gabi. Was machst du hier?«

»Naja, wie soll ich das erklären ...«, stottere ich.

»Ist ja auch egal. Ich freu mich über Abwechslung. Nimm Platz!« Die Gabi ist mal gut drauf, denke ich, als ich noch im Platznehmen schon ein kaltes Glas Sekt in die Hand gedrückt bekomme. Trotz Gabis Gelassenheit paart sich meine Neugierde für ihren Beruf und ihren Tagesablauf mit der Notwendigkeit, mich erklären zu wollen. »Ich bin hier schon so oft vorbeigefahren und wollte wissen, wie ein Leben wie deins wirklich aussieht.«

»Nicht sehr spannend, wie du siehst.«

»Hm.«

Die Gabi redet unaufgefordert weiter.

»Jetzt ist es aber nicht so, dass das nicht ein schönes Leben wäre. Hier kommen pro Tag im Schnitt drei Freier vorbei, mit denen ich mich durchschnittlich 22 Minuten pro Mann beschäftige. Ich habe unendlich viel Zeit zum Lesen, Denken, Schlafen und dreimal die Woche arbeite ich noch die Nacht im Puff.«

»Okay«, fällt mir dazu nur ein.

»Meine Buchhaltung mache ich übrigens nebenbei selbst«, erklärt sie mir lächelnd. »… ich habe ein Diplom der Wirtschaftswissenschaften.« Bumm! Das ist mal eine Information.

»Und warum machst du dann das hier?«

»Ich war schon immer ein wenig sexbesessen unterwegs. Da habe ich mein Hobby zum Beruf gemacht. Das macht Spaß. Im elften Jahr meiner professionellen Leidenschaft. Mein Liebesmobil hat Internetanschluss. Um geistig nicht zu verarmen, mache ich ein Fernstudium. Zusatzstudium Immobilienwirtschaft. Ich liebe meinen Job. Naja, manchmal sind die Männer auch nicht allererste Sahne. Aber 22 Minuten lang kann man auch einfach mal die Augen zumachen und an wen anderen denken. Johnny Depp, Brad Pitt, Patrick Bach …«

Da muss ich kurz unterbrechen: »Patrick Bach?«

«Ja. Ist so 'ne alte Geschichte. Damals, Silas, Anna, weißt du …«

Ich weiß, das hab ich als Kind auch gesehen, aber dass jemand das wirklich mit in seine erwachsenen Erotikphantasien gezogen hat, hätte ich mir nicht vorstellen können. Auf der anderen Seite, sehen wir es realistisch: Patrick Bach ist sogar noch fünf sexy Jahre jünger als seine amerikanischen Kollegen. O Schreck. Die Gabi hat recht. Wenn man im ersten Moment bei einem Faible für Patrick Bach an Kinderschändung denkt, weil man ihn noch als Silas vorm inneren Auge rumspringen sieht, so ist auch irgendwie Patrick Bach groß geworden und die Herren Depp und Pitt müssten irgendwann Anfang der sechziger das Licht der Welt erblickt haben. Morgen kaufe ich mir wieder ein Poster von Patrick Bach und gedenke für einen Moment der Zeit, die unwiderruflich und konstant voranschreitet.

Die Gabi fährt in der Beschreibung ihres Lebens fort: »Und ich hab 'nen Flachbildschirm mit DVD-Recorder im

Wagen. Manchmal lasse ich nebenbei einen Hugh Jackman-Bond laufen und guck ihn mir an. Die Männer glauben, ich würde das ihnen zuliebe tun. Wegen der Action und der Bond-Weiber.«

»Wow.« Ich bin fast versucht, in Gabis Geschäft mit einzusteigen. So schlecht hört sich das doch alles gar nicht an. Mir fehlt allein die Gabe, meinen Unterleib von meinem Kopf zu trennen. Da fällt mir noch was anderes ein: »Heißt du wirklich Gabi?«

»Natürlich nicht!« – Jetzt komme ich mir dumm vor.

»Ich heiße Sabine. Hallo!«

»Hallo, Sabine«, erwidere ich, »ich bin Suza.« Wir stoßen an.

»Und was machst du, Suza?«

»Tja, wenn ich das so genau wüsste.« Und dann sagt die Gabi-Sabine was, das mich tief beeindruckt: »Wenn du einen guten Kopf auf den Schultern trägst, dann kannst du alles machen. Und das haben schon ganz andere geschafft.«

Ich lächle Sabine an. Das macht mir Mut. Und Sabine fügt hinzu: »Hure ist nichts für dich. So wie du das Gesicht bei meiner Erzählung verzogen hast!«

»Was denn? Patrick Bach als Sexvorstellung außerhalb einer kranken pädophilen Welt, da muss man erst kurz drüber nachdenken!«

Sabine lacht. Sie ist wirklich cool. In dem Moment, wo ich ihr mehr von mir erzählen will, fährt ein Wagen vor. Der Fahrer steigt aus und seine Absichten scheinen eindeutig. Ich verabschiede mich lieber schnell von Sabine, damit der Typ nicht denkt, wir böten einen flotten Dreier an. Zum Schluss wünsche ihr alles Gute, vielleicht komme ich beizeiten mal wieder vorbei. Auf dem Weg zum Fahrrad wird mir klar, dass der Typ mir bekannt vorkam. Mir fällt es fast sofort wieder ein. Ich hatte ihn eigentlich verdrängt. Der Geschäftsführer des Architektenbüros, in dem ich gearbeitet habe, lang bevor ich meine Karriere im Computer-Hotline-Business vor die Wand gefahren habe. Und er hat mich nicht erkannt! Wie bezeichnend.

Ich schwinge mich aufs Rad. Für einen Moment bin ich bestens gelaunt und pfeife sogar bei dem Gedanken, dass mein *Whore Watching* sehr erfolgreich war. Was geht noch? ... Morgen mache ich ein Nacktputzerpraktikum!

Und dann muss ich doch wieder an Antonia denken.

Antonia und ich hatten uns eine komplette Parallelwelt aufgebaut. Wenn sie bei mir war, war sie es voll und ganz. Antonia erzählte mir, was sie den ganzen Tag umgetrieben hatte, und ich erzählte ihr von meinen neuesten Ideen und Spinnereien. Niemals kam es mir in den Sinn, sie ganz für mich gewinnen zu wollen. Sie war ja mein, halt nur auf Teilzeit. Aber es fehlte mir an nichts. Ich wurde geliebt, ich war verliebt und der Alltag konnte uns nichts anhaben.

Als der erste Urlaub kam, in dem sie mit ihrer Familie verreiste, fraß die Eifersucht an mir, doch sie nahm sich jeden Tag die Zeit, mir Gedanken und Worte aus der Ferne zu schicken, was mich besänftigte und die Vorfreude auf ihre Wiederkehr nur steigerte. Mit der Entfernung zu leben ließ die Sehnsucht zu einem angenehmen Teil der Beziehung werden. Oft wurde aus der Sehnsucht ein Tagtraum, der mich durch die Stunden trug. Unser Einverständnis, der anderen nicht anbetungsvoll zu Füßen zu liegen dadurch, dass Antonia nicht in Erwägung zog, ihren Mann Max zu verlassen, und ich es von ihr nicht forderte, ließ immer noch dieses Quäntchen Zweifel und stets die Notwendigkeit, um den anderen zu buhlen. Insofern herrschte zwischen uns eine außergewöhnliche Balance. Wir waren ebenbürtig, aber nicht vollkommen. Nur unsere Liebe war es. Weil sie keine Frage stellte, weil sie einfach existierte. So groß und schön.

Nur schaltet sich irgendwann der gesunde Menschenverstand ein, der einen ahnen lässt (so wie die Freunde es einem aufzuzwingen versuchen), dass eine Dreierkonstellation niemals funktionieren kann. Niemals. Und es war nicht das schlechte Gewissen, das uns Sorgen bereitete. Es hat mich selbst verwundert, dass meine Moral sich einfach angepasst hatte. Ich wollte das so leben. Es änderte meine eigene Einstellung, wenn ich über eine Umkehrung nachdachte. Was wäre, wenn mein Partner oder meine Partnerin sich glücklich an einer Affäre ergötzte? Ich darf den Anspruch auf Exklusivität möglichweise nicht mehr erheben. Also würde ich zwei Faktoren mit ins Spiel bringen müssen. Erstens würde ich es nicht wissen wollen. Und zweitens müsste er oder sie in den Momenten der Zweisamkeit so bei mir sein wie Antonia, wenn sie da war.

Man kann seinen Partner mit vielem betrügen. Wenn er die ganze Zeit nur seine Arbeit im Kopf hätte, könnte das zu einer fast gleichwertigen Benachteiligung führen. Die Faszination für einen anderen Menschen, obwohl man gebunden ist, kann so sicher sein wie das Amen in der Kirche. Man kann zwei Menschen lieben. Glaube ich. Ein Fundament, das ein gewisses Maß an Freiheit lässt, aber in dem trotzdem auch die absolute Sicherheit verankert ist, dass der Partner einen nicht verlassen wird. Vielleicht hat Antonias Mann das Gleiche empfunden wie ich? Vielleicht hat es auch ihre Beziehung ausgemacht, dass er sich nie bequem in Sicherheit wiegen konnte, Antonia gehöre zu ihm bis zum Lebensende, ohne dass er um ihre Anerkennung hätte kämpfen müssen? Und vielleicht sogar sie um die seine. Ich denke nicht, dass er ihr treu ergeben im Trainingsanzug, erschöpft vom Kind nähren und bespaßen, abends die Pantoffeln vor das Sofa gestellt hat. Ich habe Antonia nie gefragt, obwohl wir uns irgendwann soweit vertraut waren, dass sie mir vom Sex mit ihrem Mann erzählen konnte, ohne dass es bei mir zu überzogener Eifersucht geführt hätte. Selbst im Bett unterschieden sich ihr Mann und ich natürlicherweise so sehr, dass ich keine Konkurrenz empfinden konnte. Es war eben anders. Ich behaupte nicht, besser. Aber ich wusste, was ich Antonia geben konnte und dass es etwas anderes war als das, was ihr Mann ihr gab. Antonia war genug bei sich selbst und pflegte sehr selbstreflektiert ihr Leben und Sein, so dass sie in der Lage war, zwei Menschen zu lieben. Für eine Weile. Ich weiß nicht, warum es kippte und warum sie womöglich doch das schlechte Gewissen einholte. Ich hatte ihre Erklärung nicht verstanden und aufgehört, darüber nachzudenken. Sollte es das Schicksal ergeben und ich irgendwann selbst eine Familie haben, würde ich es vielleicht verstehen. Ich kann mich in Menschen hineindenken und ihre Motivationen grundsätzlich verstehen, sogar die von Gabi, der Hure, aber das, was Antonia betrifft, überschreitet meine Grenzen.

Seit fast einem Jahr versuchten wir voneinander loszukommen. Ich sah, wie sie das Hin und Her plötzlich quälte. Und irgendwie war bei mir auch der Gedanke angekommen, dass diese Konstellation nicht glücklich enden konnte und ich irgendwann dazu übergehen musste, etwas Offizielleres zu leben, damit das Gefühlschaos der Heimlichkeit mich nicht auffraß und ich mich selbst nicht verlieren würde. Ich hatte Angst, und obwohl ich immer von mir behauptet habe, die Liebe zu Antonia von jeglichem anderen in meinem Leben trennen zu können, sogar von einer weiteren – offiziellen – Beziehung, war es Zeit, weiterzugehen. All diese Veränderung hieß für mich zu keinem Zeitpunkt, Antonia zu verlieren. Ich wollte versuchen, Eros, die sinnlich-erotische Liebe, über den Jordan zu schicken, wenn ich dafür den Teil der Liebe behalten könnte, der Freundschaft, Halt, Geborgenheit, Vertrauen und blindes Verstehen bedeutet.

Wir fingen an zu kämpfen. Diskussionen, Funkstille über ein paar Wochen, Disziplin, wenn es um die körperliche

Anziehung ging. Wir waren brav, wenn man es von außen so betrachten mochte. Was in unseren Köpfen und Träumen vorging, entsprach nicht mehr der gelebten Realität. Um es uns scheinbar einfacher zu machen, begannen wir etwas, das wir nicht gewählt hatten. Es geschah einfach. Wir fingen an uns anzugreifen, auf der anderen rumzuhacken, Vorwürfe zu machen. Als Antonia vor einer Woche meinte, meine Freunde bewerten und niedermachen zu müssen, wurde es mir zuviel. Ich schrieb ihr eine Mail, die nicht wirklich freundlich war. Mit meinen Freunden griff sie auch unmittelbar mich an und verletzte mich. Das wollte ich nicht hinnehmen. Ich musste mich verteidigen.

Ihre Antwort kam am Freitag.

»Bitte lass mich los.« Mit Punkt. Das verletzt mich zutiefst, ja, weil es mich tatsächlich darstellt, als sei ich ein Stalker, der ihr Auto zerkratzt hätte, und das Problem läge darin, dass ich nicht von ihr lassen könnte. Das ist nicht fair. Es lässt mich machtlos in völliger Handlungsunfähigkeit zurück.

Ich bin zu Hause angekommen und wische mir eine Träne aus dem Auge. Der Fahrtwind. Ich bin wohl sehr schnell gefahren. Die Wirkung des Sekts hat auch nachgelassen und ich verspüre das unwiderrufliche Bedürfnis, mich mit Lisa erbarmungslos zu betrinken. Sie wird mir verzeihen, dass ich sie dazu verführe, morgen mit erheblichem Restalkohol im Büro aufzutauchen. Lisa führt eine eigene Werbeagentur, da wird sie ihrem Praktikanten schon zu vermitteln wissen, dass sie jetzt gerade kein gutes Vorbild sein kann, es aber Teil der Ausbildung ist zu lernen, dass Papa nicht alles reparieren kann, der Biologielehrer nicht allwissend ist und der Chef nicht immer nüchtern. Sollte das zu einem Heulanfall des Praktikanten führen, kann sie ja ergänzen: »Der Weihnachtsmann existiert übrigens auch nicht, werd erwachsen!« Allerdings vermute ich, dass ein heutiger Praktikant mit seinen süßen sechzehn Jahren da eher etwas erwidern würde wie: »Wenn man kifft, trinkt man nicht so viel. Ist genauso benebelt, schneller müde und hat keinen Kater am nächsten Tag.« Ich muss Lisa fragen, wie sie darauf reagieren würde. Lachen, dankend den Tipp annehmen oder feuern? Ich traue ihr alles zu.

Für den Fall, es passiert, was gerade vermutet, kaufe ich neben vier Flaschen Sekt noch zwei Brote mit ordentlich Knoblauchbutter, in der Hoffnung, der Geruch könne Lisas Fahne morgen übertünchen. Ich bin eine gute Freundin.

Mit stolzgeschwellter Brust klingle ich bei Tom und Lisa.

Lisa öffnet lächelnd mit einer Tasse Tee in der Hand. Ich schaue fragend auf die Tasse und strecke ihr mit überzeugendem Lächeln die vier Flaschen Sekt entgegen. Lisa lächelt und bittet mich mit einem Kopfnicken hinein.

Ich folge ihr in die Küche, nehme ein Blech frischgebackener Muffins, ein paar T-Shirts und eine Zeitschrift vom Stuhl und setze mich. Lisa geht unruhig in der Küche auf und ab. Ich schaue ihr eine Weile zu, während ich dabei geübt die erste Sektflasche öffne. »Was ist los?«, frage ich sie.

Sie sieht mich an. Mitleidig irgendwie. Naja, kein Wunder. Ich bin zu bemitleiden. Kein Job, keine Liebe, dem Alkohol aufgrund vorgenannter Gründe viel zu sehr zugeneigt, ein erbärmlicher verlorener Tropf ohne Zukunftsperspektive.

»Ich bin schwanger.«

Der Korken springt aus der Flasche und zertrümmert die Küchenlampe. Kommentarlos setze ich die Flasche an den Hals und trinke einen tiefen Schluck.

Noch einen.

Das ist der Supergau. Lisa kann Monate nicht mehr mit mir trinken und wenn sie wieder kann, werden wir uns nur noch über Windelgrößen unterhalten können und ich werde beim Reden stets mitten im Satz unterbrochen werden, weil jemand am Rockzipfel meiner besten Freundin unaufhörlich »Mama!« jammert.

Ich will was sagen, aber ich kann nicht. Ich habe Angst, Lisa zu verlieren.

Ich höre kaum, als sie mir erklärt, dass sie es heute erfahren habe und dass das alles nicht geplant gewesen wäre und dass das nichts an unserer Freundschaft ändern würde.

Ich nehme meine vier Flaschen Sekt und gehe einfach. Gehe und nehme das ungute Gefühl mit, dass mein Leben zurzeit nicht nur suboptimal, sondern beschissen läuft.

Kapitel 2: **Wut**

Nach der dritten Flasche Sekt kann ich zwar nicht mehr gerade gehen, bin aber in der Lage, mir selbst gezielt und investigativ die richtigen Fragen zu stellen.

Mir fallen auch die richtigen Antworten ein und ich überlege, ob ich die nicht am besten aufschreibe und an den Kühlschrank hänge, damit ich sie auf keinen Fall wieder vergesse.

Frage Nummer eins: Muss ich mir Sorgen machen, nie mehr einen guten Job für mich finden zu können? Antwort eins: Definitiv nein! Ich bin klug, ich bin studiert, arrogant im Sinne von selbstbewusst und ich bin mir trotzdem für nichts zu schade. Gute Voraussetzungen!

Frage zwei: Ist es nicht wunderbar, dass Tom und Lisa Eltern werden? – Ja! Es ist an der Zeit und sie sind der Welt bestes Paar.

Wird Lisa deswegen nicht mehr meine Freundin sein? – Unwahrscheinlich. Ich bin ja noch die Alte und Lisa nicht die, die völlig in ihrem Mutterdasein auf- und untergehen wird.

Und nun kommen wir zur entscheidenden Frage. Das ist das ultimative Quiz. Testen Sie das ultimative Quiz! 150 Fragen und 149 Antworten ...

Frage vier: Warum will Antonia nichts mehr von mir wissen? – Ich habe nicht den Hauch einer Ahnung! Und jetzt möchte ich dem imaginären Quizmaster gerne sein imaginäres Lächeln einfrieren, indem ich ihm die letzte Flasche Sekt über den Schädel schlage. Und diese Flasche ist nicht imaginär. Sie ist dem Zwecke dienlich, dass ich nun mittlerweile betrunkener bin als je zuvor. Vorausschauend trinke ich jeden weiteren Schluck mit dem Vorsatz: Nie wieder Alkohol. Dann muss ich ihn mir morgen nicht vorsagen und kann einfach schweigen.

Der Trunkenheitslevel ist erreicht, um mir die Frage zu stellen, warum es bei Vögeln »mausern« heißt, wenn sie ihre Federn abwerfen, und nicht »vögeln«. Dann habe ich genug. Ich spreche noch kurz ein paar Worte mit der Kloschüssel und trolle mich ins Bett, um in gnädigen Tiefschlaf zu fallen.

Es gibt Morgen, an denen ich alles hasse. Dies ist einer davon. Ich hasse die Sonne, weil sie scheint, ich hasse das Scheiß-Motorrad und seinen Fahrer, weil er vor meinem Fenster vorbeigefahren ist und mich geweckt hat. Wieso in aller Welt ist das erlaubt? Da ist ein Flugzeug leiser als diese blöden Pröttel-Zweitakter! Ich hasse Lisa und Tom und Herrn FuckDotCom Weisel, ich hasse meine Zimmerpflanze, weil sie gerade ein Blatt abwirft, was ich jetzt entsorgen muss, und am allermeisten hasse ich mich selbst. Fast so sehr, wie ich Antonia hasse. Und der werde ich gleich eine Mail schreiben.

Zuerst begebe ich mich ins Bad und bin überrascht, dass ich es letzte Nacht noch geschafft habe, die Toilette sauber zu machen. Ich mache das Radio an, ganz leise. Dann versuche ich mir die Zähne zu putzen, ohne dabei in den Spiegel zu gucken. Das gleiche Verfahren gelingt mir beim Waschen fast, doch dann streift mein Blick den Spiegel. Mein Hass, der kurzfristig verflogen war, ist wieder ganz da. Freddy Mercury trällert »*I want to break free!*« und ich schreie das Radio an: *Dann tu das doch!* Und kurze Zeit später: *Du bist tot außerdem! Freier geht's nicht, Mann!* Ich rieche meine eigene Fahne. Nicht gut. Zwar habe ich nicht wirklich geplant, heute jemandem zu begegnen außer mir selbst, trotzdem wähle ich das Mundwasser in umgekehrter Mischung. Ein Drittel Wasser, acht Drittel Mundwasser. Das brennt. Als der Schmerz nachlässt, hat Freddy aufgehört zu jammern und ist abgelöst worden von »*My heart is beating like a jungle drum. Rackeduckededuckedung*«. ... Rackeduckededuckedung? Alter Schwede! Geh zum Arzt! Da ist was nicht in Ordnung mit deinem Herzen! Klar, mit einem Herzkranken-Bonus schaffe ich es auch locker in die Charts.

Frisch geputzt schleppe ich mich zum Rechner und finde es unangemessen laut, als das Computer-Startsignal ertönt. Ich halte mich an einer Eineinhalb-Literflasche Wasser fest und öffne das Mailprogramm. Lisa hat geschrieben:

»Hey Süße,
ich hoffe, du hast nicht wirklich alle vier Flaschen alleine getrunken! :o) – Eigentlich weiß ich, dass du es getan hast. Also: Ich hoffe, dein Kater ist bald wieder weg. Es tut mir leid, dass das jetzt alles so überraschend kommt. Ich verspreche dir, dass sich nichts ändert, und ich wollte dir nur sagen, dass ich dich brauche. Du glaubst doch nicht ernsthaft, dass ich mit Tom zusammen einen Namen aussuchen werde! Desweiteren würde ich dich gerne das nächste Mal, wenn wir uns sehen, ganz offiziell fragen, ob du Patentante werden willst.

Nimm dir die Zeit, drüber nachzudenken. Ich freu mich, wenn du dich meldest. Alles wird gut.

Fühl dich umarmt!
Deine Lisa

P.S. Ich bin 100% für dich da. Wo du doch gerade so 'nen Mist durchmachen musst!«

Ja, das ist süß. Patentante. Hört sich gut an. Allerdings muss ich noch ein wenig darüber nachdenken. Im Moment hasse ich Patentanten.

Ich werde Lisa zurückschreiben, wenn mein Groll wieder verflogen ist. Alles andere wäre ungerecht.

Und wo wir schon über ungerecht reden, Antonia wartet sicher sehnsüchtig auf eine Nachricht von mir.

Also, los geht's.

»Liebe Antonia, ...«

Und da muss ich schon erst einmal drüber nachdenken. Eigentlich finde ich nicht, dass die Frau in irgendeiner Weise »lieb« ist, so wie sie sich gerade verhält. Auf der anderen Seite kann man auch »Arschloch« ganz liebevoll sagen und »mein Schatz« mit ganz viel Hass im Unterton. Wenn sie jetzt also zwischen den Zeilen liest, kann ich immer noch sagen, dass ich die Zwischenzeilen nicht geschrieben habe, und das Gegenteil behaupten. Ich bleibe bei »Liebe« und lasse jede Interpretation offen.

»Liebe Antonia,

deine Mail ist eine totale Unverschämtheit. Also wie blöd ist das denn? Mit deiner Aussage, Bitte, deinem Vorwurf oder was auch immer das sein soll, komme ich mir vor, als sei ich dein Stalker. Vielleicht wünschst du dir, dass dich jemand so begehrt, dass er vor Stalken nicht zurückschrecken würde? Vielleicht wünsche ich dir das auch! Ich bin zutiefst angepisst und verletzt. Ich verstehe dich nicht und ich verstehe nicht, warum wir nicht wie normale Menschen miteinander umgehen können. Und offenbar noch nicht einmal miteinander reden können. Ich muss hier gar nichts loslassen. Noch nicht einmal dich. Außerdem ist das ganz allein mein Problem, wie ich mit uns umgehe. Und ich beharre einfach auf meinem Standpunkt, dass ich dich nicht verlieren will in meinem Leben und dich schon lange weit genug losgelassen habe, um weiterzugehen. Vielleicht solltest du mal klarkommen und Dinge so weit verarbeiten, dass du mir nicht sagen musst: Lass mich los …

Reiß dich zusammen und melde dich. Bitte.

Tschüss

Suza«

Das ist keine literarische Glanzleistung, aber meine Wut reicht aus, um auf »senden« zu klicken.

So. Fühle ich mich besser? Eigentlich nicht. Das war schon mal die wichtigste Mail, aber ich bin noch lange nicht am Ende. Neue Mail.

»Liebe Fernsehzeitungsfuzzis!

Es ist ja schön und gut, dass Sie sich für große Filmkritiker halten, aber ich lasse mich ungern für blöd verkaufen und werde hiermit umgehend darauf verzichten, ihre Zeitung zu kaufen. Sollte mich jemand fragen, warum dem so ist, werde ich ihm gerne mitteilen, dass eine Zeitung, die schreibt, »Sommer vorm Balkon« sei durchgehend humorvoll und heiter, mir nicht glaubhaft vermitteln kann, dass irgendein Redaktionssesselfurzer, der sich an der Chefin hochgeschlafen hat und wahrscheinlich noch nicht einmal wusste, was das Wort Redaktion bedeutet, bevor es ihm der Praktikant gesagt hat, diesen Film kannte. Ansonsten werde ich auch jedem, dem ich begegne, gerne und unaufgefordert mitteilen, was ich von Ihrer Zeitung halte.

Schade. Immerhin haben Sie schöne Bilder in Ihrem Blättchen.

Ohne Hoch, ohne Achtung und los statt voll

Ihre

Stephanie Sittler«

Es sprudelt nur so aus mir heraus. Ich gerate in Rage, die Finger fliegen über die Tastatur und alles ist erlaubt, damit ich mich besser fühle.

Sehr geehrtes Boulevardblatt!
Es ist ja schön und gut, dass Sie mir nahezu täglich nahebringen wollen, dass die Welt früher oder später durch je nachdem irgendwen untergehen wird. Leider habe ich ein Problem damit, Ihnen Glauben schenken zu können. Dies liegt an folgender Berichterstattung:
In Ihrer kürzlich erschienenen Ausgabe schreiben Sie, es gelte nun als sicher, dass die Angeklagte und in Untersuchungshaft sitzende Angeklagte A. den Mord an ihrer Mitbewohnerin M. nicht begangen habe, da jetzt festgestellt wurde, dass der bereits zu dreißig Jahren Haft Verurteilte die Fußdrücke am Tatort hinterlassen habe. Und zwar wurde er zu dreißig Jahren Haft verurteilt, weil er vor einem Jahr bereits für den Mord an A. verhaftet worden sei. Sie schreiben weiter, dass A. sich munter zu der Tat äußert. Zu Ihrem Verständnis fasse ich zusammen: Der Angeklagte hat A. ermordet, die auch in Untersuchungshaft sitzt, weil sie, genauso wie der Angeklagte, M. ermordet haben soll. Wer ist denn jetzt tot? Der arme Schreiberling, der diesen bescheuerten Artikel verfasst hat?
Wenn sie so unglaubwürdigen Mist schreiben, fällt es mir sehr schwer, an den von Ihnen prophezeiten Weltuntergang zu glauben.
Ich verbleibe mit dem Hinweis auf die Tatsache, dass Sie auch Konkurrenz haben, zu der ich jetzt übergelaufen bin.

Kurt Kümmel-Köbler«

Senden. Und weg. Wie schön, dass ich eine Emailadresse habe, die meinen wirklichen Namen nicht preisgibt.

So richtig besser geht es mir nicht. Ich brauche einen neuen Plan. Vielleicht gehe ich doch zur Tierhandlung. Ich werde mir mit Kater einen Kater kaufen und ihn Kater taufen, denke ich. Oje, Reime mit Restalkohol. Mir wird schwindelig. Der Inhalt des Kühlschranks muss Abhilfe schaffen. Ich öffne die Tür. Fischgeruch schlägt mir entgegen, der seinesgleichen sucht. Ein weiteres Argument, mir umgehend einen Kater zu kaufen. Dann wäre der Thunfisch entsorgt; allerdings befürchte ich, dass, wenn mein Kater vorbei ist, ich den Kater mit Fell und Thunfisch im Magen auch wieder loswerden möchte. Der Thunfisch landet umgehend im Mülleimer. Was das Problem nicht löst. Ob ich will oder nicht, der Müll muss raus!

Ich entscheide mich sogar dazu, ein wenig durch die Straßen zu laufen. Innere Balance durch Bewegung. Dabei werde ich die Gefahr der lauernden Schweinegrippe mutig in Kauf nehmen. Es ist schon erstaunlich, was die Wissenschaftler alles herausgefunden haben. Genau dann, wenn der Impfstoff der bösen Grippe auf den Markt kommt, wird eine neue Welle erwartet. Ist das Zufall? Ist es Schicksal? Oder ein Komplott der Pharmaindustrie? Man weiß es nicht. Ich steige die Treppe hinunter und strecke den Thunfisch im Sack so weit wie möglich von mir. Ab in den Müll, Klappe zu. Angenommen, ich würde an Schweinegrippe sterben. Ich kann mir keinen ungünstigeren Tod vorstellen. »Schweinegrippe«! Furchtbar! Tigerpest, Löwenseuche, Haiinfekt, alles besser als Schweinegrippe: »Das Schwein hat sie dahingerafft. Wir werden sie in guter Erinnerung behalten.« Und mein Grabstein müsste dann die Form eines Schweinekopfs haben. Wenn schon, denn schon.

Die Straße ist wie immer voller Menschen, von denen ich jeden einzelnen innerlich anschreie: »Geh aus dem Weg, du Arsch! – Hässliche Hose, du Freak!« Oh nein, Wahlkampfhelfer voraus! Das ist kein guter Zeitpunkt. Ich könnte unflätig werden. Insbesondere da sie rote SPD-Ballons verteilen. Was soll das? Versuchen sie eine neue Zielgruppe zu gewinnen? Sie verschenken heute Luftballons an Sechsjährige, in der Hoffnung, die wählen in zwölf Jahren SPD? Wehe, der Typ drückt mir jetzt einen Luftballon in die Hand! Den werde ich ihm so was von um die Ohren hauen und ihm mitteilen, dass die NPD Mini Butterfly-Messer verteilt, was viel cooler sei und meine Entscheidung an der Wahlurne extremst beeinflussen werde.

Im letzten Moment wendet sich der Kampfhelfer ab. Ich denke, mein Gesichtsausdruck hat Bände gesprochen und er hat mich als nicht bekehrbar eingeordnet. Sehr gut. Auf der anderen Seite kommt mir der Gedanke, dass ich durch sein Raster gefallen sein könnte. Gewiss sehe ich älter aus als sechs, aber wer sagt, dass ich zu Hause nicht Kind und Kegel im passenden Alter sitzen habe? Dann erinnere ich mich an meine Fahne, meine Unterlidschatten und die blutunterlaufenden Augen. Die wollen mich gar nicht als potentiellen Wähler! Das ist Diskriminierung. Kurz bevor ich kehrt machen und um einen Ballon bitten will, besinne ich mich eines Besseren und gehe tapfer meines Weges. Jetzt allerdings noch wütender, weil ich mich in dem Glauben befinde, dass jeder Mensch hier auf der Straße besser aussieht als ich und mich nie jemand lieben wird.

In diesem Moment kommt mir eine Frau entgegen, die offensichtlich vom Schicksal geschickt wurde, um mich zu demütigen. Ich vermute, dass das Schicksal hinter der nächsten Ecke sitzt, Hände reibend meine Gedanken liest und gerade vor Lachen aus Freude über die eigene Genialität vom Stuhl fällt. Die Frau hat Modelmaße, sieht aus, als käme sie gerade vom Stylisten, der ihr in zweistündiger Arbeit diese Topfrisur gebastelt und nebenbei noch schnell ein Stündchen Make-up aufgelegt hat. Dann ist sie in die Stylettos gehüpft, um noch ein wenig zu flanieren und bewundernde Blicke auf sich zu ziehen. Ich kenne diese Frau nicht, aber ich hasse sie. Allein für ihr Dekolleté möchte ich sie würgen. Damit sie meinen Neid nicht sieht, schlage ich die Augen nieder. Während mein Blick langsam an ihr heruntersinkt, bildet sich ein feiner Streif Hoffnung am Horizont: ihr Hosenstall ist offen. Ich kontrolliere zur Sicherheit noch kurz meinen. Der ist zu. Und dann fange ich laut an zu lachen. Die Frau guckt mich irritiert an. Tja, da guckste! Sieh an, wer hier den Wettbewerb gewinnt! Genau das denke ich. Aber aus Rache dafür, dass sie so unglaublich gut aussieht und ich nicht, sage ich nicht, dass ihr Reißverschluss offen ist, sondern biege ab in die Tierhandlung. Ha!

Es riecht nach Streu, Heu und Mäusepups. Ich grüße den Besitzer freundlich. Meine Laune hat sich mit dem Hosenstall-Vorfall wesentlich verbessert. Es hat sich zwar keines meiner Probleme verflüchtigt und auch hier im Laden wird es nicht besser werden, aber für den Moment bin ich von meinem Hass abgelenkt. Zwei neugierige Babykatzenaugen gucken mich an, es maunzt. Das schwarz-weiße Katzenkind sitzt auf einem Kissen im Schaufenster. »Ist das ein Kater?«, frage ich den Verkäufer. Der nickt genervt. »Vorsicht. Der kratzt!« Aje. Das ist aber nicht günstig, wenn man als Verkäufer mit so einer Scheißlaune die Kunden anpampt. Ich streichle den kleinen Kater. Er genießt es, hinter den Ohren gekrault zu werden. Wie Antonia …

Ich nehme den Kater auf den Arm, was der Verkäufer mit einem bösen Blick quittiert. Dem Kater gefällt's, er kuschelt sich an meinen Busen. Wie Antonia … Ich setze den Kater wieder auf sein Kissen. Er erinnert mich viel zu sehr an Antonia. Aber leider nur an das Vertraute, Positive. Ich drehe mich um und schaue mich im Laden um. Wie der Blitz trifft mich die erlösende Idee. In einem Becken auf der anderen Seite schwimmen unzählige Fische unterschiedlichster Art. Das ist es! Ich hocke mich vor das Bassin und schaue den Fischen eine Weile zu, wie sie beruhigend leise ihre Runden drehen. Dann endlich sehe ich ihn: den hässlichsten Fisch, den ich je gesehen habe. Er ist komplett zerfleddert, seine Farbe undefinierbar und auf dem Kopf sitzt ein geschwürähnlicher Knubbel. Ich kaufe den Fisch und nenne ihn Antonia. Der Verkäufer scheint sich zu freuen, dass das hässliche Ding endlich weg ist, und schenkt mir eine Dose Fischfutter dazu, die genauso viel kostet wie der Fisch. Das Geld für Aquarium, Pflanzen, Filter, Steine etc. ist es mir wirklich wert. Antonia soll es an nichts fehlen.

Zu Hause baue ich das Aquarium auf der Kommode im Wohnzimmer auf. Antonia schwimmt in ihrem Plastiksack schwebend im Waschbecken. Pumpe installieren, Wasserpflanzen ins Becken, das sieht schon mal nicht so schlecht aus. Aber irgendetwas fehlt. Ich setze mich vor das Becken und starre ins Wasser. Die Zeit mit Antonia war eine Zeit des Hochgefühls. Unsere Liebe war so groß, dass wir einen Gefühlsorden verdient hätten. Mit ehrenvoller Verleihung und Knicks der Gefühlsbeauftragten der Bundesregierung auf dem rotem Teppich. Glanz und Gloria.

Im Bad finde ich, was ich suche. Vorsichtig nehme ich die drei Ringe aus ihrer Schachtel und gucke sie mir genau an, während ich sie in der Hand hin- und herbewege. Der mit dem kleinen Brillant, den hat mir Antonia zuerst geschenkt. Er ist ganz filigran gearbeitet, ein dünner Silberring, der von dem kleinen, glitzernden Stein unterbrochen ist. Ich gucke ihn mir an und überlege, was für feine und ruhige Hände man haben muss, um so etwas zu fertigen. So ruhige, schöne und weiche Hände wie Antonia.

Nachdem Antonia und ich unsere erste gemeinsame Nacht miteinander verbracht hatten und sie mir gestanden hatte, dass sie verheiratet ist, rief ich sie nicht wieder an und ich hörte auch nichts von ihr. Ich trug das Gefühl des dahinfliehend Erlebten mit mir durch die Tage. Ich wollte es so lange festhalten wie möglich, um es dann als schönes Erlebnis abzuhaken und weiterzugehen. Am achten Tag, als der Gedanke schon langsam zu verblassen begann, kam ich von der Arbeit nach Hause und fand eine Postkarte in meinem Briefkasten. Auf der Vorderseite hockte ein Gollum ähnliches Wesen, das mich frech angrinste. Antonia hatte es mit Kugelschreiber gezeichnet. Ich musste lächeln. Auf der Rückseite war der Ring befestigt und auf der Karte stand: »Du kannst es nur aufhalten, indem du den Ring ins Feuer wirfst. Aber ich sag's dir gleich: Mordor findest du nicht auf der Deutschlandkarte!« – Tja, was sollte ich da machen. Sie hatte recht. Mordor lag vermutlich auch nicht in Holland.

Am nächsten Tag warf sie mir wieder eine Karte in den Briefkasten. Dieses Mal hatte sie eine Gollum-Frau mit blonden Locken und einem roten Kussmund auf die Vorderseite gemalt, die in dicken Wanderschuhen und Rucksack auf dem Rücken durch die Lande zog. Um den Hals trug sie eine Kette, an der mein Ring baumelte. Auf der Rückseite stand: »Noch drei Tage. Oder bist du schon unterwegs?«

Noch drei Tage. Das machte mich nervös. Sie spielte mit mir und damit traf sie ins Schwarze. Ich konnte es nicht erwarten, dass jede Minute und Stunde verging, damit ich endlich den Tag erleben konnte, den sie meinte. Ich hatte keine Ahnung, was Antonia vorhatte, aber ich freute mich so sehr! Sie konnte mit mir machen, was immer sie wollte.

Jeden weiteren Tag bekam ich eine Karte, auf der das männliche und das weibliche Gollum-Wesen mir eine Idee dessen vermittelten, was an dem angekündigten Tag passieren würde. Es war ein Samstag und ich wachte schon frühmorgens auf. So schnell wie möglich sprang ich unter die Dusche, zog mich an und achtmal wieder um. Um halb neun saß ich hervorragend duftend auf dem Sofa und schlürfte meinen Kaffee. Gegen Mittag tigerte ich nervös durch die Wohnung und versuchte via Gedankenübertragung eine Verbindung zu Antonia zu kriegen, um zu erfühlen, wann sie kommen würde. Ich fühlte aber nur den Gedanken, dass der Kartoffelsuppe noch mehr Kresse fehlte, und dachte, dass die Gedankenverbindung wohl von meiner dicken Nachbarin unterbrochen worden war, die den ganzen Tag Kochrezepte ausprobierte, um auf die Welle der Kochmanie aufzuspringen und mit einem Kochbuch, das sie schreiben und veröffentlichen wollte, große Karriere zu machen. Eigentlich hatte sie sich nur in Alfons Schuhbeck verliebt und glaubte, dass sie irgendwann neben ihm eine Kochshow moderieren würde, wenn sie nur erst den Nobelpreis für ihr Kochbuch bekommen hätte. Jedes Mal, wenn ich sie im Flur traf, erzählte sie mir von ihren neuesten Erfindungen und ich ließ sie in dem Glauben, dass man für ein Kochbuch einen Nobelpreis bekommen kann. Wer weiß. Ich wollte sie nicht enttäuschen. Hinterher behaupte ich das und dann wird plötzlich der erste Nobelpreis für »Kochen für den Frieden« verliehen und ein paar Jahre später erhält ihn meine Nachbarin für ihr Werk »Kochen für Alfons«? Die Zukunft hat man nicht in den Händen. Ich mochte meine Nachbarin, wenn sie dank ihrer Alfons-Tagträume gut gelaunt durch den Flur wedelte und Kochzeitschriften aus dem Briefkasten fischte. Sie war auch fest davon überzeugt, dass der Erfinder des Nobelpreises Alfons Nobel hieß. Ihre Verbindung zu Nobel und Schuhbeck war in ihren Augen daher vom Schicksal bestimmt, hatte sie doch ihren ersten Kochlöffel, den sie mit zwölf Jahren von ihrer Mutter geschenkt bekommen hatte, »Alfons« genannt. Und ich wunderte mich nicht darüber. Ich kannte Menschen, die ihren Silberfischen Namen gaben.

Vielleicht hatte meine Nachbarin auch gar nicht meine Gedankenverbindung zu Antonia unterbrochen, sondern ich hatte nur einfach Kartoffelsuppe gerochen. Wenn mich Antonia also zum Essen ausführen würde, dann war ich definitiv nicht gut genug angezogen. Ich zog mich erneut fünfmal um. Da aber das Kleid nicht zur Jacke passte und die Bluse nicht zur Jeans, stand ich nahezu komplett nackt im Bad, als es klingelte. Ja. Das war schlechtes Timing. Um Panik zu vermeiden, entschied ich mich dafür, die Türe nahezu unbekleidet zu öffnen. Zum einen, weil ich keine weitere Sekunde warten wollte, Antonia zu sehen, und zum anderen, weil es dann auch so aussah, als ob ich nicht übertrieben viel Wert auf das Treffen und die Vorbereitung legen würde. Ich öffnete die Tür. Vor mir stand der Postbote. Geschickt überspielte ich meine Nacktheit und tat so, als ob ich gar nicht so nackt wäre, wie der Postbote dachte. Leider musste ich damit leben, dass er die Spitzen meines BHs zählte, während ich auf seinem digitalen Ich-habe-das-Paket-erhalten-Gerät unterschrieb. Stotternd verabschiedete er sich.

Als ich mich umdrehte und wieder in die Wohnung ging, vernahm ich eine vertraute Stimme: »Aha. Wenn der Postmann zweimal klingelt.« Wie peinlich. Antonia hatte mich mit dem Postboten erwischt. Ich fiel ihr um den Hals und als wir fest ineinander verschlungen die Wohnung betraten, schob ich den Kleiderberg, der meinen kompletten Bestand umfasste, mit dem Fuß unter den Tisch. Antonia betrachtete den Klamottenberg und musste lachen. »Kein Wunder, dass du nackt bist. Du hast ja nichts zum Anziehen, du Armes!« Auf der anderen Seite ersparte es ihr Auszieharbeit, denn wir konnten gar nicht widerstehen, umgehend übereinander herzufallen. Mein Kopf in ihren Händen, die zarten Küsse und dieser Blick durch ihre strahlend grünen Augen. Dieser Frau lag ich zu Füßen. Sie durfte mich überall berühren und das tat sie auch. Und Antonia ließ sich Zeit dabei, was mich in den erotischen Wahnsinn trieb … Langsam strich sie mir über den Hals und die Brüste. Mein wie ihr Atmen wurden zum Stöhnen und als unsere nackten Körper auf das Bett fielen, war mir klar, dass ich diese Frau nie wieder loslassen wollte. Lange noch, eng umschlungen, lagen wir nebeneinander und lauschten glücklich der posterotischen Stille. Ich liebte es, wenn sie dabei über meinen Bauch strich, versuchte nicht daran zu denken, dass ihre Hände auch weitergleiten könnten und wir in eine neue Runde …

Als wir aufstanden, war es schon lange dunkel draußen geworden. Während wir in das kleine Restaurant um die Ecke schlenderten, kam ich endlich dazu, mich für den Ring zu bedanken. Antonia lächelte und küsste den Ring an meiner Hand. Sie erzählte mir, was wir durch unseren langen Bettaufenthalt alles verpasst hätten. Aber der Kutscher des Vierspänners hätte hoffentlich ein gutes Buch dabei, als er umsonst auf uns wartete, und die Blaskapelle sei vielleicht auch gar nicht so gut, wie sie sich im Internet anhörte. Und wer wolle schon in einem Bad aus Rosenblättern baden und dabei Champagner schlürfen, wenn man sich hinterher eh noch einmal duschen müsse, um diesen aufdringlichen Rosengeruch wieder loszuwerden? Ich glaubte Antonia natürlich kein Wort und war fest davon überzeugt, dass sie genau eine Sache geplant hatte: »Ich schenk der Frau ’nen Ring und schon krieg ich sie damit ins Bett.« Antonia lachte und zauberte aus ihrer Tasche eine kleine Rose aus Filz, die sie mir überreichte.

Dieser kleine feine Ring.

Die Finger, die den gefertigt hatten, waren vermutlich kalte, lieblose Robotergreifer, die pro Tag tausend dieser Dinger herstellten. Die Filzblume liegt auch noch da rum. Ich greife sie und die Ringe und freue mich über das kleine feine »Plöpp«, als alles auf die Wasseroberfläche auftrifft und dann langsam im Aquarium versinkt. »*Fucking Treasure* Pisspott« nenne ich Antonias neues Zuhause. Ich setze den Fisch ins Wasser und sehe eine Weile zu, wie er seine Runden schwimmt. »Wenn du was brauchst, sagste Bescheid!«, rufe ich ihm zu.

Das Telefon klingelt. Ich stelle mir vor, es sei Antonia. Sie ruft an, mir zu sagen, dass ihr das alles sehr leid tut und dass sie mit einem großen Strauß Rosen vor der Tür steht und ich diese nur zu öffnen bräuchte, um sie wieder in mein Leben zu lassen. In Gedanken laufe ich den halben Weg bis zur Tür, um dann doch aus meinem Tagtraum zu erwachen und den Telefonhörer in die Hand zu nehmen.

Es ist Monika. Eine Bekannte, mit der ich mal zusammen gekellnert habe. Monika glaubte vom ersten Moment an, mit mir hundertprozentig auf einer Wellenlänge zu sein. Nachdem sie spontan zielsicher im zehnten Anlauf mein Sternzeichen richtig erraten hatte, schwor sie mir wohl innerlich ewige Treue. Ich frage mich ernsthaft, wie man denken kann, man sei mit einer Person auf einer Wellenlänge, wenn man noch nicht einmal erkennt, dass das Gegenüber überhaupt nicht denkt, dass man auf einer Wellenlänge sei. Da hat der esoterische Sensor nun wirklich voll versagt! Bei Monika laufen die Sensoren auch auf keinen Fall gut genug, um über Gefühlsstrahlungen zu kommunizieren. Sie muss das Telefon benutzen. Und ich habe in Gänze versagt, indem ich nicht auf das Display geguckt habe und jetzt Monika an der Strippe habe! Ja, ja, sie hat so ein Gefühl gehabt, dass ich mich nicht so gut fühle und mich danach sehne, etwas Neues zu beginnen. Ich versichere ihr, dass es mir blendend ginge und ich ihr ihr Gefühl nicht abnehme, sondern eher glaube, dass ihr jemand das Gerücht weitergetratscht haben muss, dass es mir nicht gut ginge, was aber eben auch nur ein Gerücht sei und nicht stimme. Monika ignoriert meine abweisende Schilderung und hat den Vorschlag des Jahrhunderts für mich.

Wie sie meint.

Ich müsse unbedingt, auf jeden Fall, nächste Woche mit ihr zum Pilates kommen. Sie hat jetzt die Ausbildung zur Pilates-Trainerin abgeschlossen und ist fest davon überzeugt, dass es all meine Probleme lösen und mir Horizont erweiternde innere Balance verschaffen würde. Ich wiederhole, dass ich keinerlei Probleme habe und erst recht keine, die sich durch Pilates lösen ließen. Selbst als ich ihr sage, wie ich mir eine Pilatesstunde vorstelle, ist sie nicht davon abzubringen, mich dazu zu überreden.

»Monika. Ich habe keine Ahnung, was Pilates ist. Und das liegt ganz einfach daran, dass es mich nicht interessiert. Muss es ja auch nicht. Das ist nun mal ganz simpel gesprochen nicht meins, wenn man eine Stunde lang auf Knien oder bei Verrenkungen wie dem ›pissenden Hund‹ den großen Pontius Pilates verehrt und sich dabei Raucherstäbchen in die Nase steckt!«

»Das ist kein Yoga und auch kein römischer Röckchentanz!«, erwidert Monika und ich bin überrascht. Monika ist lustig. Römischer Röckchentanz. Ha. Ha.

»Muskelstärkung im Einklang mit dem Geist. Komm schon, Suza! Das ist toll! Du kannst deine Beckenbodenmuskulatur kräftigen und bekommst eine gute Haltung.«

Ah. Jetzt weiß ich endlich, was Pilates ist. Ändert aber nichts an meiner Einstellung. Sich von einer kompletten Fußballmannschaft durchpimpern zu lassen, führt meiner Meinung nach zum gleichen Ziel, denke ich und teile es Monika auch mit. Meine Äußerung verletzt sie ein wenig, weil es negative Erinnerungen bei ihr hervorruft. Kann ich ja nicht wissen, dass sie aus ihrer Yoga-Gruppe geflogen ist, nachdem sich rausgestellt hat, dass sie das erotische Chakra mit jedem einzelnen männlichen Kursteilnehmer gesucht hatte! Immerhin teilt sie mir ihre Schmach des Rausschmisses und die Gründe dafür unmittelbar mit und ich glaube ihr, dass das Ergebnis *nicht* das Gleiche ist wie beim Pilates. Sie hat beides verglichen. Da *muss* man ihr ganz unweigerlich glauben. Was mich aber jetzt nicht aus der Nummer rausbringt. Ich finde es etwas bedauerlich, dass Monika kein einfaches »Nein« akzeptiert, also zermartere ich mir das Hirn, wie ich ihr absagen kann, während sie ausführlich von ihrem Yoga-Kurs erzählt und von ihren übersinnlichen Sexerlebnissen mit den meist männlichen Kurzteilnehmern. Ihre Beschreibungen lenken mich vom Nachdenken ab. Alter Schwede, diese Frau ist freizügig! Ich spüre, wie ich rot werde. Ich muss dieses Gespräch jetzt ganz schnell beenden und verwende dabei die älteste Methode der Welt. Älter als das Telefon selbst. »Monika, Monika? Ich kann dich nicht mehr hören. Die Verbindung .... Da ist nur Knistern ...« – aufgelegt. Ich mache einen Hechtbagger zum Telefonstecker und ziehe ihn, bevor sie meine Nummer noch einmal wählen kann.

Ich habe den Eindruck, Antonia, der Fisch, lächelt mich hämisch an, als ich mich wieder aufrapple. Ich spiele mit dem Gedanken, einen Hechtbagger in sein Becken zu machen oder ihm zumindest einen Hecht in sein Becken zu setzen, der ihn den ganzen Tag lang anbaggert. Schnell tröste ich mich damit, dass Antonia potthässlich ist. Ich schreie ihr das auch durch die Aquariumswand zu. Was soll ich sagen, ich rede mit Fischen! Und mit gezogenem Telefonstecker wohl erst mal mit sonst keinem anderen mehr. Aber was soll's, Antonia hat meine Handynummer.

Unglücklicherweise fällt mir in diesem Moment auf, dass ich wieder nüchtern bin. Ein Zustand, den es umgehend zu ändern gilt.

Ich beschließe, mich mit meinem Bruder zu verabreden. Meine Familie hält zusammen und mein Bruder und ich haben diesen feinen Wettstreit, wer wen besser unter den Tisch trinken kann. Das ist zwar nicht erwachsen, aber der Sache dienlich, dass man nicht alles und besonders eben sich selbst nicht immer ernst nehmen muss. Entscheidungskriterium für den Sieg ist auch nicht der höhere Alkoholgehalt im Blut, sondern zum Beispiel die neidfreie Anerkennung einer unwiderlegbaren Behauptung. Mein Bruder hat letztes Mal gewonnen, als ich das Handtuch warf, kurz nachdem er den

Satz sagte: »Theoretisch geht manchmal was kaputt, wenn es fällt.« Was soll man dazu sagen. Das ist richtig und mit an Sicherheit grenzender Wahrscheinlichkeit nicht widerlegbar. Und er sagte es, was eine zusätzlich anzuerkennende Leistung ist, in dem Moment, als er versuchte, das Glas, das er eigenhändig aus Versehen vom Tisch gefegt hatte, aufzufangen. Wie in Zeitlupe lief das ab. Das Glas flog vom Tisch, simultan kippte mein Bruder zur Seite und vom Stuhl, verfehlte das Glas im Fallen und landete gefühlt gleichzeitig mit den Scherben auf dem Boden. Das Glas war kaputt, mein Bruder lächelte glücklich liegend und fühlte sich gleich so wohl dort unten, dass er ein wenig schlafen wollte. Um zu verhindern, dass ich mit der Kneipe verhandeln musste, weil sie noch gar nicht wusste, dass sie nun auch Hotel oder zumindest Herberge war, schleifte ich meinen Bruder aus der ehrenwerten Lokalität. Seitdem stand immer noch die Revanche unseres kleinen Wettstreits aus.

Und dieses Mal will ich gewinnen. Ich will glücklich lächelnd mit formatierter Festplatte auf dem Kneipenboden liegen und vorher noch zu einer Erkenntnis kommen, die ich für die einzige und einzig Notwendige auf dieser Welt halte. Die allgemeingültige These, dass Drogen horizonterweiternd wirken, kann im Einzelfall bei exzessivem Alkoholkonsum ins Gegenteil umschlagen. Die Welt reduziert sich auf einen einfachen Gedanken. Bei Männern ist das die Regel. Ich glaube, ich beginne, die Männer zu verstehen.

Und in diesem Moment zieht es mir wieder den Brustkorb zusammen. Mir fehlt Antonia so sehr, dass es mir körperliche Schmerzen verursacht. Und ich verstehe Antonia nicht. Wie kann sie sich auf das alles einlassen und jetzt komplett kippen? Ich hoffe inständig, dass der Gedanke, der heute Abend meine Welt beherrschen soll, nichts mit Antonia zu tun hat.

Mein Bruder Philipp beantwortet freudig meinen Anruf

und ist umgehend bereit, mich in der Kneipe um die Ecke zu treffen. Ich kette mit meinem Schlüsselband meinen Schlüssel an die Gürtelschlaufe und verfahre ebenso mit meinem Handy.

Philipp sitzt schon an der Theke, als ich die »Unscheinbar« betrete. Es ist erstaunlich, wie kreativ Barbesitzer werden, wenn sie das Wort »Bar« in ihren Barnamen einfügen wollen. Sonderbar, Unsichtbar, Cu Bar, Unschlagbar, Bar Celona, Wunderbar, Bar Bados und Sansibar ... Spannender sind nur noch Werbesprüche der Transportunternehmen. Darüber während der Fahrt nachzudenken verkürzt die gefühlte Reisezeit um Längen. »Menschen transportieren Kompetenz« – »Transport ist eine Frage des Kopfes« – »Wir befördern Sie an die Spitze« – »Wir bewegen uns gern für Sie« ... Und wenn man dann an der Tankstelle mal anhält, um sich bei einem Kaffee in den ausliegenden Kaminwerbeheftchen einen Kamin auszusuchen, möglichst hässlich, möglichst spießig, dann fällt einem noch der Werbespruch der Toilettentankstellenkette mit Wertcoupons ins Auge: »Das erfrischend andere WC!« Und wenn man des Deutschen nicht mächtig ist, aber unbedingt wissen möchte, mit was man es zu tun hat, dann steht das Ganze in Englisch noch einmal darunter: »*The refreshingly different WC!*« Um nicht vor Lachen den Rest des Kaffees ausspucken zu müssen, kann man sich in diesem Moment nur damit beruhigen, dass von einem schlauen Werber nach vielen Jahren sogar »*Come in and find out*« geändert worden ist. Wahrscheinlich kurz nachdem er endlich den Weg aus dem Geschäft gefunden hat, um festzustellen, dass auch auf dem Werbemarkt die Zeit nicht stillsteht. Hoffnung in Sicht!

Mit »Einmal gepoppt – nie mehr gestoppt!« begrüße ich Frank, den Barkeeper, und er freut sich über den Spruch. Frank, der gute alte Nostalgiker. Frank ist mal ein ehrlicher Mensch. Dank seiner eingebauten Burnout-Schranke bringt er einfach ganz konsequent nur so viele Getränke raus, wie er gerade möchte. Wenn er eine Pause braucht, dann sitzt er halt mal ein halbes Stündchen rauchend bei seinen Gästen. Es steht aber jedem dann durchaus frei, sich sein Bier selbst zu zapfen. Mit einem Urvertrauen in das Gute im Menschen verlässt er sich darauf, dass seine Gäste schon entsprechend passendes Geld in die Kasse werfen werden. Ich habe in regelmäßigen Besuchen viel harte Arbeit in diese Kneipe gesteckt, damit das Bier auf dem Tisch steht, bevor ich sitze. Und manchmal sitzt Frank dann auch schon da und erzählt mir, dass er verhaltensschwul sei. Er hätte das alles mal ausprobiert, aber es wäre nicht so seins gewesen. Dennoch behält er es konsequent bei, mit den Hüften zu wackeln und das Handgelenk abzuwinkeln, wenn er durch seinen Laden wuselt. An guten Tagen sind alle zwanzig Tische in seiner rustikalen Kneipe belegt und Frank versucht sich mit seinem unverwechselbaren Kuschelbär-Charme an jede Frau ranzuschmeißen, die die Türschwelle überschreitet. Heute ist er auch wieder auf Kuschelkurs und umarmt mich, noch bevor ich die Gelegenheit habe, Philipp zu begrüßen.

»Bist du sicher, dass wir an der Bar sitzen wollen? Vom Barhocker zum Boden ist es weiter als vom Stuhl bis zum Boden!«

Philipp lächelt. Ich habe schon in der Begrüßung den ersten Punkt für nichtwiderlegbare Theorien gesammelt. »Wer nicht wagt, der nicht gewinnt!«, kontert er, weiß aber, dass das nicht zählt. Der Spruch ist viel zu abgegriffen. Ich umarme Philipp herzlich und schwinge mich neben ihn auf den Hocker.

»Was gibt's Neues, Schwesterherz?«

Was soll ich sagen, heute ist das eine gute Frage. Ich erzähle ihm von meinem Job und auch er freut sich. Philipp ist fest davon überzeugt, dass das nichts für mich war. Ich solle endlich mal wieder das machen, was ich gelernt habe. Ich sei eine sehr gute Architektin. Philipp fragt, ob er mal netzwerken soll, um mich bei der Suche zu unterstützen. Philipp ist Unternehmensberater und so offen und zugänglich er ist, kennt er jeden und jede. Außerdem ist er ziemlich verdammt gutaussehend, wenn man das objektiv als kleine Schwester beurteilen kann. Das Angebot meines Bruders ist ehrenwert, aber ich muss ihm leider mitteilen, dass ich eine neue Jobaufnahme aufgrund moralischer Bedenken zu verweigern gedenke. Ich will trinken und schlafen und Antonia, den Fisch, anschreien. So lange, bis ich verstanden habe, warum ich Antonia, die Kuh, bitte loslassen soll.

»Ah, deine imaginäre Freundin Antonia ist endlich weg«, freut sich Philipp. Tja, vielleicht stellt man seine große Liebe nicht sofort der eigenen Familie vor. Vielleicht, weil es dann korrekt wäre, ihren Mann gleich mit vorzustellen, damit die Eltern einen guten Gesamteindruck der Situation bekommen können. Meine Eltern gehen seit Jahren davon aus, dass ich an Liebesdingen einfach kein Interesse finde, sondern mit mir selbst genug zu tun habe. Natürlich kann ich mich immer wieder damit selbst überraschen, die Geborgenheit meiner eigenen Körperwärme unter der Daunendecke im tiefsten Winter zu genießen. Ich weiß, wie ich ein Feuer entzünden kann, wie man einen Wasserhahn repariert und danach den halben See auf dem Boden wieder aufwischt. Grundsätzlich halten mich meine Eltern für sehr selbstständig; dennoch würde ich ihnen gern irgendwann einmal sagen wollen, dass die Fröhlichkeit meiner letzten Jahre in direktem Zusammenhang mit einer Frau Namens Antonia stand.

Mein Bruder wusste zwar von Antonia, aber vorstellen wollte ich sie ihm nicht. Da beide die mit Abstand coolsten Menschen in meinem Leben sind, hatte ich wohl Angst, sie würden sich so gut verstehen, dass ich nur noch gelangweilt daneben sitze, während sie sich vor Lachen unterm Tisch kugeln. Vielleicht war es auch die Befürchtung, dass die beiden herausfinden, dass Menschen aus Philipps Netzwerk auch in Antonias Welt vorkommen, und dann wäre mir der Informationsweg zu Antonias Mann und seinem Umfeld eher wie eine Abkürzung vorgekommen.

»Bruder, das ist eine Katastrophe! Mir geht es hundsübel. Mein Herz ist zertrümmert!«

Philipp lächelt leicht mitleidig mit einem kleinen Leuchten in den Augen, während Frank, der zugehört hat, unaufgefordert neues Bier vor uns aufreiht.

»Was soll das Funkeln in deinen Augen?«, frage ich.

»Weißt du, wie es der Zufall so will, wollte ich dir ausgerechnet heute Abend jemanden vorstellen, der dein Herz im Sturm erobern wird. Und weißt du was, just in diesem Moment betritt unser Held die Bühne.« Philipp deutet mit dem Kinn auf die Türe.

Ich verdrehe ernsthaft angepisst die Augen, bevor ich mich zur Tür drehe. Frank pfeift anerkennend durch die Zähne. Der Mann, der den Laden betritt, hat hellstblaue Augen und trägt dazu längeres blondes Haar, das durch den Wind zerzaust ist. Gut gebaut, hat er seinen Astralkörper in einen Boss-Mantel gehüllt und sein Duft erreicht mich schneller als er selbst. Was ein Mann! So perfekt, dass er gar nicht zu mir passen kann. Nämlich nicht nur, weil er perfekt ist, sondern auch weil er ein Mann ist. Wenn ich nach Antonia je wieder lieben sollte, dann wohl eher eine Frau. Sollte es ein »Nach Antonia« geben, wäre das meine logische Schlussfolgerung: Wenn die größte Liebe meines Lebens eine Frau war, wie soll je ein Mann da die Erwartungen erfüllen können? Aber mein Bruder glaubt halt an die Hete in mir und das darf er ruhig. Außerdem ist das »Nach Antonia« für mich nicht greifbar, weil nicht existent.

Nur, was stelle ich jetzt mit diesem perfekten Mann an, der sich vor mir aufgebaut hat? »Das ist Eckard, ein Kumpel aus der Firma«, stellt mein Bruder mir den Modelkerl vor.

»Sensationell«, ist alles, was mir zur Begrüßung einfällt.

»Eckard Kanter, der Mann ohne Ecken und Kanten!«
Eckard lacht und erwidert: »Nein, eigentlich heiße ich
tatsächlich Makel mit Nachnamen. Eckard Makel.«

»Das ist nicht dein Ernst!?« Ich bin zutiefst erstaunt.
Mein Bruder mischt mit: »Nein, Eckard. Mein Eckard.
Nicht mein Ernst.«

Er wird albern, denke ich und freue mich darüber, dass
das bereits beim dritten Bier passiert.

Eckard versucht zu erklären: »Das Schicksal spielt auch
gern mit Namen.«

»*Fucking Bitch*, das!« Wenn ich über das Schicksal nach-
denke, werde ich sauer. Eckard lächelt und nickt zustim-
mend. Frank stellt Eckard ein Bier vor die Nase und lächelt
ihn an. Das ist schön. Wenn man gut aussieht, lächeln einen
alle an. Ich sehe mich in der Unscheinbar um. Ich habe den
Eindruck, das Eintreffen des schönen Eckards ist nicht
unbemerkt geblieben. Philipp kneift mir in die Seite, damit
ich mich wieder zu ihnen drehe. Ich ramme meinen Ellbogen
in seine Taille, um mich dann, meiner guten Erziehung
folgend, Eckard anständig vorzustellen. »Hallo Eckard
Makel. Ich bin Suza. Die kleine Schwester von diesem
widerlichen Drecksack hier.« Eckard nimmt meine Hand
und vollführt einen kleinen Knicks.

»Und was machst du so?« Ich weiß, dass ist eine dumme
Frage, aber ich weiß nicht, was ich sonst sagen sollte. »Du
siehst unfassbar gut aus. Wie viele knallst du so durch pro
Woche?« Ich bin zwar durchaus in der Lage, mich auf ein
Männerthekengespräch einzugrooven, und die Antwort auf
die Frage würde definitiv mein Interesse erregen, aber ich
stelle sie lieber nicht. Das lässt sich vielleicht noch später
etwas vorsichtiger im Gespräch erörtern.

»Ich dachte, ich komm mal vorbei und trinke mit Philipp
ein Bier, um die Super-Suza kennen zu lernen.«

»Das ist, wie er mich feilbietet? Blöder Bruder!«

Eckard entschuldigt sich kurz, um seinen Mantel zum Garderobenhaken zu bringen, und ich fahre umgehend mein Bruderherz an: »Bist du bescheuert? Du willst mich hier nicht etwa verkuppeln, oder?!«

»Warum denn nicht? Der ist doch mal ein echter Hauptgewinn.«

»Philipp, du hast keine Ahnung! Das mach ich doch mit dir auch nicht.«

»Warum auch, meine Frauen liegen mir zu Füßen.«

Das meint er nicht ernst. Und das ist auch besser so. Er lächelt und stellt mir ein neues Bier vor die Nase, das Frank ihm reicht. Wir stoßen an, Eckard kommt zurück. Philipp springt schnell auf ein neues Thema: »Die Vierzigjährigen von heute sind die Dreißigjährigen von damals.«

»Psychologische Neotenie«, ergänzt Eckard.

»Was heißt denn das?«, frage ich nicht aus dem Grund heraus, dass ich mich meinem Bruder zuliebe als kleines dummes Mädchen geben möchte, sondern weil ich es noch nie gehört habe.

Eckard erklärt: »Man versucht, so lange wie möglich nicht erwachsen zu werden. Das Jungvolk bleibt flexibel, trägt hippe Klamotten, ist immer anpassungsfähig, aber nicht in der Lage, Verantwortung zu übernehmen oder Lebensentscheidungen zu treffen.«

»Ja, das kommt mir bekannt vor. Das geht einher mit der Annäherung der Geschlechter, oder? Frauen verwirklichen sich erst selbst und denken dann darüber nach, ob sie Kinder haben wollen. So in den dreißigern. Frauen sind immer tougher und Männer immer weicher.«

»Ja. Zumindest bei den Intelligenten.« Eckard schwingt sich jetzt auf den Barhocker neben Philipp, der auch mitreden möchte: »Das heißt, die Klugen vermehren sich nicht mehr genug und das Dummvolk wird uns in ein paar Generationen anführen. Oje, ich muss unbedingt meinen Samen verteilen!« Er lächelt, steht auf und geht Richtung Toilette.

Mein Bruder ist unmöglich! Das liegt wohl in der Familie. Solange Philipp auf der Toilette ist, versuche ich ganz unvermittelt, Eckard auf meine Seite zu ziehen, um mich übelst für den Verkupplungsversuch zu rächen: »Hör mal, Eckard, ich fürchte, mein Bruder will uns verkuppeln. Jetzt kann ich zwar nicht gerade sagen, dass du nicht mit Abstand einer der attraktivsten Männer bist, die mir seit dem Sandkasten begegnet sind, und damals hatte ich noch andere Bewertungskriterien. Aber es ist leider so, dass sich die Intelligenz meines Bruders zu null Prozent aus sozialer Kompetenz zusammensetzt und ich gar nicht verkuppelt werden will. Weil ich denke, dass du das wahrscheinlich auch gar nicht willst, weil ...«

Eckard sieht mir lächelnd zu und wartet, was jetzt kommt.

Ich fahre fort und stelle fest, dass der Alkohol wirkt: »Also auf jeden Fall muss man meinem Bruder das mit der sozialen Inkompetenz immer wieder vor Augen führen, sonst lernt der das nie. Vielleicht könntest du mir helfen?«

Eckard lächelt immer noch sein Männermodelkataloglächeln, was seine bezaubernden Grübchen zum Vorschein bringt und mich leicht aus dem Konzept zu bringen droht. Aber ich ziehe meinen Komplott knallhart durch. »Also, wenn ich dich richtig einschätze, bist du dabei. Vielleicht könntest du eventuell mit ...« Ich schaue mich um und sehe Frank, der tatsächlich verträumt Eckard ansieht. Von wegen verhaltensschwul.

»... Frank! Darf ich dir Eckard vorstellen!«

Frank erwacht aus seinen Tagträumen und schüttelt fröhlich, fast überschwänglich, Eckards Hand. Ich schaue den beiden zu, wie sie ohne Umschweife in ein angeregtes Gespräch verfallen. Philipp kommt zurück und setzt sich neben mich. Er bemerkt mein hämisches Lächeln und schließt daraus, dass ich mich darüber freue, Eckard kennenlernen zu können. Der hört uns nicht, da Frank ihn direkt hinter den Tresen gezogen hat, um ihm zu zeigen, wie er seinen Lieblingscocktail mixt.

Mein Bruderherz greift das Thema wieder auf. »In der Nachkriegszeit waren die Frauen ja wohl tougher als jetzt!«

»Ja, aber weil sie keine Wahl hatten. Heute wählen die Frauen, sich von den Männern zu entfernen und selbstständig zu sein.«

Philipp ist nicht überzeugt und will schon wieder mein persönliches Dilemma zum Thema machen: »Wenn du nicht so wählerisch wärest und so hohe Ansprüche hättest, könntest du auch einen finden!«

Ich erwidere gereizt: »Philipp, lass mich in Frieden mit dem Scheiß. Es läuft alles zu meiner Zufriedenheit.«

»Ja klar – außer, dass gerade nichts auch nur annähernd gut bei dir läuft«, erwidert Philipp.

Ich will ihm direkt an den Kopf werfen, dass ihn das einfach nichts angeht und seine Verkupplungsversuche überhaupt zu gar nichts führen, als mir der Atem stockt und ich nach einer freudigen Schrecksekunde in schallendes Gelächter ausbreche. Philipp sieht sich verwundert um und sieht, was ich sehe: Eckard küsst leidenschaftlich Frank. Das ist großes Kino. »Du bist so ein guter Menschenkenner, Bruder«, giggele ich prustend. Philipp findet das gar nicht lustig. Er geht hinter den Tresen und zapft uns zwei große Bier. Die beiden Männer lassen sich dadurch gar nicht stören. Mein Bruderherz stellt uns die Gläser vor die Nase, lächelt ein wenig beschämt und stößt dann mit mir an. Er ist zur Druckbetankung übergegangen und ext sein Glas. Ich muss immer noch lächeln, auch fällt es mir schwer, mit seinem Tempo mithalten zu können. Als ich mein Bier ausgetrunken habe, hat Philipp schon wieder das nächste gezapft. Macht nichts. Wir können an so einem Abend auch hervorragend unser Zusammensein aufs Trinken reduzieren und schweigen. An dem Abend fällt keiner von uns vom Stuhl, zumal wir nicht mehr allzu lange bleiben, weil wir wirklich das Gefühl haben, im Thekenbereich zu stören. Als wir die Unscheinbar verlassen, habe ich aber tatsächlich all mein Wissen und Denken sowie mein Fühlen und Sein auf einen einzigen Satz reduziert, den ich Philipp auch gleich kundtue: »Die Hübschesten sind alle schwul!«

Philipp findet das immer noch nicht so ganz witzig, muss aber ein wenig lächeln. Er stellt noch fest, dass ich damit nicht gewinne, denn meine Behauptung sei durch Beweisführung und Gegenteilbeobachtungen widerlegbar. Das ist in Ordnung für mich, denn ich bin an diesem Abend der moralische Sieger. Ich verabschiede mich herzlich und krieche betrunken nach Hause.

Kurz bevor ich einschlafe, kann ich meiner heutigen Erkenntnissammlung einen weiteren Gedanken hinzufügen: Mett auf Toast schmeckt nicht mit Mayonnaise. Das hätte ich mir als Mitternachtssnack wirklich sparen können. Zumal ich mich nicht erinnern kann, wann ich das Mett gekauft haben sollte.

Am nächsten Morgen klingelt mein Wecker um halb acht. Ich habe keine Ahnung, welcher Tag heute ist. Ich tippe auf Mittwoch, finde spontan aber keinen Beleg dafür. Vorsichtig schleppe ich mich ins Badezimmer und betrachte das Elend im Spiegel. Hinter dem Schleier des Restalkohols entdecke ich ein Gesicht. Ich versuche es so gut wie möglich aufzumotzen. Mit meinem *Bad-Hair-Day* muss mein Umfeld wohl leben. Vielleicht finde ich auf dem Weg raus noch eine Mütze? Ich habe das dringende Bedürfnis, mir meine Zähne heute mal extra lange zu putzen. Zum Frühstück gibt es ein Glas Wasser mit Eisen-, Magnesium- und Alle-Vitamine-Tablette. Letzter Check: Hose habe ich an, Jacke auch. In dem Moment, als ich die Türe aufmachen will, fällt mir ein großer Zettel in Augenhöhe auf. Auf ihm steht, mit krakeliger Schrift geschrieben:

Verlasse das Haus NICHT. Du bist arbeitslos.

... leg dich wieder hin!

Ach du je. Es ist doch von enormem Vorteil, wenn man sich selbst ganz gut kennt. Diese Worte habe ich geschrieben. Und langsam lichtet sich der Schleier. Ich habe dann wohl offensichtlich nach dem Nachhausekommen weiter getrunken. Erschöpft ziehe ich meine Jacke wieder aus und gehe in die Küche. Da steht eine stolze Sammlung an leeren Bierflaschen. Wenn ich jetzt wüsste, wie viele es gestern Mittag waren, wüsste ich, wie viele ich gestern Nacht noch getrunken habe ... Das wäre schon von Vorteil, dann könnte ich in etwa sagen, wann der furchtbare Kater sich im Laufe des Tages schleichen würde.

Auf dem Küchentisch finde ich einen weiteren Zettel. Herrje, das kann man ja kaum lesen.

Antonia ist ein Arsch!!!!!!

Sechs Ausrufezeichen. Sehr zutreffend.

Neotornia nachschlagen

Was soll das sein? Keine Ahnung.

Mein Bruder ist ein kleiner Trottel.

Ja.

Mett schmeckt nicht auf Mayonnaise!

Das ist gut zu wissen. Würde ich sonst irgendwann womöglich glatt mal ausprobieren! Es sieht auch so aus, als hätte ich Mayonnaise richtig geschrieben. Ein kurzer Moment rechtschreiblichen Stolzes überkommt mich. Bis mein Blick auf den letzten Hinweis fällt.

NIE betrunken mitten in der Nacht Antonia anrufen!

Oh. *Fuck!* Ich stürme ins Wohnzimmer, stolpere, lege mich der Nase nach hin, raffe mich wieder auf. Innerhalb von Zehntelsekunden bin ich bei meinem Telefon. Drücke die Wahlwiederholungstaste, um zu sehen, welche Nummer auf dem Display erscheint, und sehe nichts. Das Display bleibt dunkel, das Telefon tot. Und dann fällt es mir wieder ein. Monika hat mich gerettet! Ohne sie hätte ich gestern nie den Stecker gezogen. Ihr dafür zu danken wäre des Guten zu viel, aber klammheimlich, im Stillen, bin ich ihr zumindest für eine kurze Minute lang sehr dankbar. Wie furchtbar ist die Vorstellung, ich hätte bei Antonia angerufen und das wohlmöglich bei ihr zu Hause! Dann hätte ich vielleicht ihren Mann davon überzeugt, dass ich sie unbedingt sprechen muss, und sie dann vollgeheult und angeschrien, gefleht, gebettelt – all das, was man halt so macht, wenn man betrunken bei der Ex anruft.

»Ex« – jetzt ist es gedacht. Antonia ist meine »Ex«. So eine dumme Sau. Wie kann sie das tun? Das sollte man ja doch bitte schön zusammen entscheiden! Ich hasse das. Ich kann mich auch nicht einfach Professor nennen. Und wenn mich jemand zu einer »Ex« macht, dann will ich das mitentscheiden. Oder zumindest ablehnen können.

Durch eine Übersprungshandlung fliegt mir das Telefon aus der Hand und landet mit einem lauten »Platsch« neben Antonia, dem Fisch, im Aquarium. Na, das ist doch mal ein Tag aus dem Lehrbuch »Wie ein Tag nicht zu sein hat«! Ich folge meinem eigenen Ratschlag und leg mich wieder hin. Allerdings erst nachdem ich den Rest Mett aus der Packung gegessen habe. Ohne alles.

Als ich aufwache, wird es schon wieder dunkel. Mein Mund ist trocken, mein Schädel brummt und ich habe schon wieder einen Hass auf die ganze Welt.

Zum Sofa sind es fünfzehn Schritte. Tapfer nehme ich den Umweg durch die Küche in Kauf, wo ich meinen Mund für fünf Minuten unter das kalte Wasser halte und trinke, trinke, trinke. Das gibt mir Kraft, die um den Küchenweg verlängerte Strecke zum Sofa zu schaffen. Liegend schalte ich den Fernseher ein. Es läuft Werbung für die neue Queen-Kompilation: »Die Kronjuwelen von Queen ...«. Sind die bescheuert? Also entweder wissen die es wirklich nicht besser oder die sitzen am Runden Tisch und lachen sich unter denselbigen, indem sie beschließen, das Album mit so einem Satz zu bewerben! Ich schalte den Fernseher wieder aus. Starre an die Decke und warte, dass ich depressiv werde.

Ich bin aber nicht auf depressiv eingestellt. Der Blick zur Decke ist tödlich langweilig. Ich könnte nach Jobs gucken, ich könnte laufen gehen, ich könnte Lisas Mail beantworten, ich könnte morden. Lieber gehe ich ins Bad und sehe mich im Spiegel an. Immer noch kein schönerer Anblick! Mit der Schere schneide ich mir eine lange Strähne ab. Sie fällt ins Waschbecken. Versonnen betrachte ich sie eine Weile von oben. Lange Haare sind überbewertet, nerven und brauchen übertrieben viel Pflege. Ich hasse lange Haare. Hat Antonia nicht mal ... ich durchsuche den Badezimmerschrank. Ja, hat sie! Ich hole den elektrischen Haarschneider aus dem Schrank und wiege ihn in der Hand. Er surrt sehr freundlich, nachdem ich ihn angeschaltet habe, und ich beginne umgehend, ihn über meinen Kopf fahren zu lassen.

Nachdem ich fertig bin, sehe ich wieder in den Spiegel. Es gefällt mir und fühlt sich gut an! Die Stoppelhaare lassen zwar nicht die Ringe unter meinen Augen verschwinden, aber jetzt sehe ich und sieht jeder andere, dass ich auf Kampf eingestellt bin. Kampf gegen die Welt und Kampf gegen ein gebrochenes Herz. Ich sollte mir so einen Boxsack kaufen, auf den ich jeden Morgen mit aller Gewalt einschlagen kann. Ihn werde ich auch Antonia nennen. Das ist besser, als irgendwann in Gefahr zu geraten, Antonia, den Fisch, zu schlagen.

Irgendwo in dieser Wohnung müssen doch noch Hanteln rumliegen! Ich will Gewichte stemmen. So lange, bis die Arme wehtun. Und dann noch weiter. Im Schlafzimmer unter dem Schrank finde ich sie: zweimal fünf Kilogramm. Meine besten Freunde und Feinde für die nächste Stunde. GI Jane. Fehlt nur der Regen in meiner Wohnung. Da ist immer Regen, wenn sich jemand durch die Pampa robbt ...

Verschwitzt versinke ich nach meinem Training in der Badewanne. Mit den kurzgeschorenen Haaren muss man sich nicht einmal die Haare abtrocknen. Einmal den Kopf schütteln. Fertig. Obwohl ich gerade mal zwei Stunden wach bin, beschließe ich, wieder ins Bett zu gehen und böse Träume zu träumen. Wenn man erst gar nicht richtig aufsteht, kann man sich auch direkt wieder hinlegen. Zusätzlich denke ich, dass die Flasche Rotwein, die ich in der Wanne getrunken habe, ihr Übriges getan hat. Ich bin müde. Morgen ist sicher ein neuer Tag und die Welt sieht schon wieder ganz anders aus.

Am nächsten Morgen wache ich im Hellen auf und stelle zwei Dinge fest: Ich habe böse geträumt und im Schlaf die halbe Stadt ausgerottet. Und: Eine ganze Flasche Rotwein führt bei mir nicht zum Kater. Alles Training. Traurig.

Jetzt liegt ein weiterer Tag vor mir, den ich gestalten muss. Ich bin kurz versucht, zum Kühlschrank zu gehen und zur Abwechslung den Tag zu versaufen. Aber mich ekelt der Gedanke, schon morgens zu trinken. Das würde dazu führen, dass ich zu allem Überfluss auch mich selbst noch mehr hassen würde und dann über kurz oder lang aus dem Fenster springen müsste. Wenn eine Tür zufällt, geht irgendwo anders ein Fenster auf. – Aus dem man springen kann! – Scheiß-Spruch.

Kaffee und ein großes Glas Wasser mit der gewohnten

Mischung Magnesium, Eisen und allen Vitaminen bringt mich nach vorne und auf eine Idee. Ich werde Stalker! Wenn ich *Whore-Watching* machen kann, ist es nur noch ein kleiner Schritt zur Antonia-Stalkerin. Wenn sie mir schon das Gefühl vermittelt, ich sei eine, dann sei es so und ich werde eine. Ich habe nichts zu verlieren!

Ich frage mich, was sie so macht. Geht sie ihrer Routine nach? Alles wie gehabt? Und denkt sie nicht einmal mehr an mich? Wenn sie schon nicht meine Mails beantwortet, dann will ich wenigstens sehen, was sie macht! Das gibt mir einen Plan für den Tag. Solange mein Herz in Trümmern liegt, kann mich die Agentur für Arbeitslose ruhig unterstützen. Begänne ich sofort wieder zu arbeiten, würde ich damit nur meinen Schmerz verdrängen, spätestens in drei Monaten zusammenbrechen, acht Monate ausfallen und der Krankenkasse auf der Tasche liegen. Wer mich letztendlich bezahlt, ist mir im Moment und grundsätzlich völlig egal, aber die Variante mit der Krankenkasse beinhaltet, dass ich weitere drei Monate arbeiten müsste. Allein die Vorstellung zu arbeiten bewirkt bei mir einen spontanen Brechreiz. Nein, ich muss definitiv erst wieder auf die Beine kommen! Oder Antonia erschießen und mich dabei von der Bundesregierung finanzieren lassen.

Auf einen Zettel schreibe ich: »Knast anrufen, Besichtigung vereinbaren.« Erst danach werde ich eine entsprechende Entscheidung treffen. Und da sage einer, Frauen mit gebrochenem Herzen könnten keine rationalen Entscheidungen fällen!

Auf dem Weg zu Antonias Haus erinnere ich mich an ein Gespräch zwischen uns. Mein kleiner roter Golf knatterte wie heute über die Autobahn. Antonia saß neben mir und hielt meine Hand. Jedes Mal, wenn ich schalten musste, ließ sie meine Hand los, aber ich suchte die ihre so schnell wie möglich wieder.

Nachdem Antonia mir den Ring geschenkt hatte, war zwischen ihr und mir längst noch nicht alles so klar, wie es noch werden sollte. Zunächst bekam Antonia es mit der Angst zu tun und versuchte, was ich zuvor getan hatte, nämlich, sich zurückzuziehen. Da ihr auch klar geworden war, wie tief unsere Liebe ging, die aus dem Nichts gekommen war, befürchtete sie, dass sie ihr ganzes Leben damit ruinieren würde.

Nun ist es ja aber so, dass, wenn man sich entfernt, der andere näher rückt. Bei mir hatte Antonia noch etwas anderes ausgelöst. Den Spieltrieb. Ein sehr ernster Spieltrieb, der mich schon immer begleitet hatte. In der zwölften Klasse hatte ich mich in Thomas verliebt. Er ging noch nicht einmal auf unsere Schule, was die Sache schwieriger machte, denn die Grenzen des sozialen Umfelds, das einem in der Schule auf dem Silbertablett serviert wird, sind schwer zu überschreiten. Zwar werden Partner im Laufe der Entwicklung von der Pubertät bis zum Abitur wild gewechselt, doch zumeist nur untereinander. Das erhöht die Möglichkeit des schulinternen Austausches und ermöglicht eine phantastische Selbstreflexion durch die offengelegte Intimität. Wenn sich der Jürgen in der Partnerschaft mit der Karin gut verhalten hat, dann muss ich darüber nachdenken, warum er sich mir gegenüber ganz anders und unmöglich verhält. Und Erika, Uschi und Stefanie haben da auch eine Meinung zu …

Thomas sollte der Meine werden. Mein junges Herz war verliebt und Thomas gutaussehend, so nett und auch noch ein Jahr älter. Ich schaffte es, ihn auf mich aufmerksam zu machen. Mit Verkupplungskonspiranten in der Hinterhand wurde mehr aus uns. Ein richtiges Paar. Und da passierte es mir zum ersten Mal. Ich hatte mein Ziel erreicht und mein eigenes Spiel gewonnen, indem ich ihn für mich gewonnen hatte! Nach einer Woche langweilte es mich, mit Thomas zusammen zu sein, und eine weitere Woche später beendete ich unsere Beziehung.

Ich will damit nicht sagen, dass ich mein Leben lang in dieser Form weitergespielt habe. Im Laufe der Zeit lernte ich mit dem Herzen zu lieben und nicht mit dem Kopf. Das Ansehen, was man zu Schulzeiten genießt, wenn man einen festen Freund hat, wurde mir zunehmend egal. Ich wollte nur noch mit denen zusammen sein, die es mir wirklich angetan hatten. Und nach und nach erkannte ich auch die, die es für mich zwar zu erobern galt, die mir aber so viel bedeuteten, dass es mir nicht langweilig wurde, sobald ich mein Ziel erreicht hatte. Spätestens mit Antonia stellte sich dieser Spieltrieb in Gänze wieder ein. Nicht am Anfang, aber im Laufe der Zeit.

Als sie vor mir zurückwich, war mein Spiel mit dem geschenkten Ring am Finger eröffnet. Ich musste um sie kämpfen! Ich setzte mich also in meinen kleinen roten Golf und fuhr zu ihrem Büro. Als sie rauskam, stieß ich einfach nur die Beifahrertür mit dem Fuß auf und sie stieg ein. Die Frage, warum Antonia nach unserer letzten Nacht zwei Wochen nichts von sich hatte hören lassen und für mich nicht erreichbar war, beantwortete sie mit Schweigen. Ich sagte ihr, dass ich meine Unternehmungen, sie ans Telefon zu kriegen, nicht auf ihren Festnetzanschluss zu Hause ausweiten wollte. Aber ich wollte sie. Ich konnte nicht mehr zurück.

Es dauerte, als wir am Rhein saßen, bis sie redete. Es war ein schöner sonniger Tag mit diesen kleinen weißen Wolken am Himmel, in denen man Figuren erkennen konnte. Als ein beflügelter, feuerspeiender Drache über uns hinwegflog, teilte sie ihre Angst mit mir. Sie konnte sich ihrer Liebe zu mir nicht verwehren. Also versuchten wir einen Weg zu finden, der für alle lebbar war. Zum ersten Mal versicherte ich ihr, dass meine Liebe bedingungslos sei. Ich würde nicht betteln, mich allein zu lieben. Ich würde ihren Mann nicht ausstechen wollen und ich würde ihr so vertrauen, wie sie mir vertrauen musste.

Auf dem Rückweg hielt sie dann meine Hand und wir schwiegen zusammen. Es war ein schönes Schweigen. Wir genossen es, zusammen zu sein. Nicht mehr und nicht weniger. Der Sommerwind wehte uns durch die offenen Fenster um die Nase und es roch nach frisch gemähtem Gras, als wir zurück in die Stadt fuhren. An diesem Tag, als sie im Auto meine Hand hielt, hatte ich Antonia endgültig für mich gewonnen, auch wenn ich ihr in den nächsten Wochen immer wieder beweisen musste, dass ich für sie und ihre Familie keine Gefahr war. Sie zog sich zurück, ich folgte ihr. Sie war mir sehr nah – danach ließ ich ihr wieder ihre Freiheit und genoss die meine. Antonia war in meiner Definition *meine* Antonia geworden, mein Herz schlug stets gut gelaunt und fröhlich in voller Ausgeglichenheit. Ich hatte das Spiel, *mein* Spiel gewonnen.

Jetzt aber bekam ich das beklemmende Gefühl, dass der Schmerz, den mir dieser Sieg beschert hatte, gerade erst begann. All die Qual, die wir uns in den letzten fünf Jahren bereitet hatten, war immer von der Liebe übertroffen worden. Jetzt schien es, als wäre die Qual nur noch allein meine, weil Antonia aufgegeben hatte. Ich würde den Schmerz nicht gegen das tauschen wollen, was ich in den Jahren gelernt und gefühlt hatte! Aber jetzt hatte ich Angst, dass ich, allein gelassen mit dem Gefühl, damit nicht fertig werden würde.

Auch mit viel Mühe verstand mich in den letzten Jahren kein Freund mehr wirklich. Selbst Lisa konnte nicht einsehen, wie unendlich glücklich es mich machte, dass es diese Frau gab. Egal in welcher Form sie für mich da war. Hauptsache sie existierte und gab mir Sicherheit.

Ganz ohne sie geht es gar nicht. Ich wische mir eine Träne aus dem Auge. Es hat angefangen zu regnen. Ist mir egal. Ich heule in Strömen und versuche, den Regen zu übertreffen.

Heulend biege ich in Antonias Straße ein. Den Wagen stelle ich ein paar hundert Meter von ihrem Haus entfernt ab. Antonia wohnt mit ihrem Mann in einem großen Gebäude am Ende der Straße. Ich sehe niemanden, als ich mich dem Haus nähere. Mein Herz schlägt schnell und laut. Was war heute noch mal für ein Tag? Vielleicht gar Wochenende? Ich habe wieder keine Ahnung und schaffe es auch nicht, es zu rekonstruieren. Da war zu viel Schlaf am helllichten Tag, zu viel Alkohol und Durcheinander. Ich setze mich auf einen Baumstamm hinter eine Hecke, die zu dem Waldweg gehört, der an die Wohnsiedlung grenzt. Über mir bilden die Blätter einer Eiche einen natürlichen Schutz vor dem nun sturzbachähnlichen Regen. Ich ziehe die Kapuze meiner Jacke tief ins Gesicht. So fühlt sich also ein Stalker! Nass. Kalt. Verboten. Gut, dass ich in Sachen »Verboten« das Bundesverdienstkreuz so gut wie in der Tasche habe. Jahrelange Hingabe und Passion haben mich so weit gebracht. Ich bin eine Verboten-Berühmtheit, die keiner kennt, und nun sitze ich hinter einer Hecke im Regen und tropfe.

Dieser Ort ist unheimlich. Er hat Vergangenheit und es fühlt sich in der Gegenwart an wie Vergangenheit. Dabei kommt mir der Gedanke, was ich eigentlich mache, wenn Antonia jetzt aus dem Haus kommt. Oder ins Haus hineingeht. Ich habe keine Ahnung. Wenn unsere Liebe noch immer so groß ist, würde sie mit an Sicherheit grenzender Wahrscheinlichkeit spüren, dass ich in der Nähe bin, sie würde auf mich zukommen, würde meine Hand nehmen und wir verschwänden schnell im Wald, um uns dort hundert Stunden zu küssen.

Nein, würden wir nicht. Wenn sie jetzt um die Ecke kommt, werfe ich ihr einen Stein an den Kopf. Den größten, den ich hier finden kann, und renne davon. Eine Platzwunde ist das Mindeste, was diese Frau verdient!

»Bitte lass mich los.« Mit Punkt – Bumm. Ich lass dich los, aber nimm diesen Backstein mit. Du Arsch. Mit Punkt.

Was wenn Max um die Ecke kommt? Max. Ich habe Mitleid mit ihm und gleichzeitig höchste Achtung. Neid ist da auch. Denn er hat die Frau, die ich gerne hätte. Komischerweise habe ich in all den Jahren sie zwar nicht für mich ganz haben wollen. Aber jetzt, wo ich sie gar nicht mehr habe, will ich sie komplett und allein! Nur für mich. Ganz.

Ich könnte Max entführen. Oder ich könnte ihm eine Frau präsentieren, der er nicht widerstehen kann, und dann wandert er mit ihr aus nach Papua Neuguinea. Nur weil Antonia sich für ihn entschieden hat, heißt das nicht, dass er sich in so einem Fall auch für sie entscheiden würde. Wo finde ich also eine Frau aus Papua Neuguinea? Internet. Muss ich zurück zu Hause mal gucken. Da lässt sich wohl ein adäquates Exemplar finden.

Max. Irgendwann fing er an sich zu wundern. Vielmehr verwunderte er mich. Antonia hatte ihm nichts vorgemacht. Wenn sie zu mir fuhr, sagte sie, sie führe zu mir. Wenn sie über Nacht blieb, erzählte sie ihm, sie bliebe über Nacht bei mir. Was wir dann machten, danach fragte er nie.

Es war ein Samstagnachmittag. Ich hatte ein angenehmes Kräuterbad genommen und wollte mich in die wohlig warmen Daunen schmeißen, die in meinem Bett auf mich warteten, um einen gesunden Mittagsschlaf zu begehen, als es an der Tür klingelte. Es war Max. Er war in die Stadt gekommen, um Antonia zu suchen. Er wirkte ruhig und grüßte mich freundlich. Ich rechnete damit, dass es jeden Moment aus ihm herausbrechen würde und er mir erst unangenehme Fragen stellen, dann schreien, brüllen und mich letztendlich anspucken und krankenhausreif prügeln würde. Als ich ihm wahrheitsgetreu gestand, dass ich nicht wisse, wo Antonia sei, bedankte er sich höflich und verschwand wieder. Ich ließ die Wohnungstür ins Schloss fallen und stand noch eine Minute wie angewurzelt im Flur. Was war das? Steckte da irgendetwas dahinter?

Hätte ich Max unter anderen Umständen kennengelernt, ich hätte ihn gemocht und sicher lange Gespräche über Fußball, Computer und Verschwörungstheorien mit ihm geführt. Worüber man mit Männern halt so redet. Noch als ich dort stand, klingelte es erneut. Jetzt war es Antonia, die mir überraschenderweise einen Besuch abstatten wollte. Leider fehlte mir die kriminelle Energie, den vorherigen Besuch zu ignorieren und Antonia umgehend zu mir in die Daunen zu ziehen. Ich zog sie stattdessen ins Vertrauen und erzählte ihr, dass ihr Mann gerade hier gewesen war. Eigentlich hätte sie ihn auf der Straße treffen müssen. Mir war das viel zu nah, dass er die Grenze, die aus der Schwelle meiner Wohnungstür bestand, überschritten hatte.

Antonia verstand. Sie entschuldigte sich vielmals und guckte auf ihr Handy. Es war ausgeschaltet. Sie hatte nach einem Termin vergessen, es wieder anzumachen, und war damit schon den ganzen Tag in der Stadt unterwegs. Sie drückte mir einen flüchtigen Kuss auf den Mund, während sie die Wohnung auch schon wieder verließ und Max' Nummer wählte. Was für eine gute Ehefrau ... Ich stand ein wenig dumm da. Antonia hat Max niemals gesagt, was zwischen uns war, und Max hat sie nie gefragt. Er war sich seiner Frau sicher, vermute ich. Ihre tief verwurzelte Beziehungsbasis gab ihm die Sicherheit, dass sie immer zu ihm zurückkommen würde, auch wenn er ihr ihre Ausbrüche gestattete. Er hatte recht.

Jetzt sitze ich im Regen und denke über die Liebe nach. Na großartig! In Ermangelung einer Alternative denke ich weiter.

Kann es wirklich wahre Liebe sein, wenn ich meinem Partner den Seitensprung erlaube? Hat Antonia unsere Liebe anders eingeordnet als die zu ihrem Mann? Wahrscheinlich. Wenn das Verbotene und das Neue zur Liebe hinzukommen, ist das Prickeln immer um ein Vielfaches potenziert. Aber vielleicht ist die Basis ja wertvoller. Ich hatte gehofft, dass ich mit Antonia auch eine Basis hätte. Ein Fundament, das es uns erlauben würde, bis zum Ende unseres Lebens zumindest vertraute Freunde zu bleiben. Und wenn Max in einem Pariser Tunnel mit seinem Chauffeur und ägyptischen Liebhaber verunglückt wäre, hätte ich auch eine entsprechende Zeit gewartet, bis ich Antonia geheiratet hätte!

Jetzt will sie gar nichts mehr von mir wissen. Was in aller Welt ist da nur schief gelaufen? Was ich will, ist so simpel. Antonia soll einfach Teil meines Lebens sein. Ich will keine Familie mit ihr gründen und gut, soll sie sich halt nicht von ihrem Mann trennen. Kann sie nicht einfach ab und zu für mich da sein? Ich suche mir den Mann für die Familie vielleicht nebenher, sollte ich auf die Idee kommen, meine Gene in die nächste Generation weitergeben zu müssen. Vielleicht verliebe ich mich sogar in ihn. Bestimmt verliebe ich mich in ihn. Seitdem die Affäre mit Antonia vorbei ist, habe ich ein bisschen Kapazitäten dafür. Gehabt. Allerdings nicht mehr im Moment. Seitdem nicht nur die Affäre mit Antonia, sondern nun auch Antonia komplett vorbei ist, habe ich den Eindruck, meine Gefühle, die nicht unbedingt (bis eigentlich gar nicht) positiv sind, füllen mich aus.

Ich habe meine Hand tief in den nassen Matsch gepresst vor lauter bösen Gedanken über die Liebe. Und eins weiß ich: Die wirklich wahre, große, allüberwältigende Liebe in Transzendenz findet man nur einmal im Leben. Oder gar nicht. Wenn es die Umstände nicht erlauben, kann man sie halt nicht leben. Ja. Romeo und Julia. Aber wenn man sie wenigstens gefühlt hat, dann war es das alles wert. So ein Leben. In meinem Leben kann es jetzt nur noch bergab gehen. Ich versuche mir das alles irgendwie zu erklären und verstehe doch den Knackpunkt nicht, fürchte ich. Ich verstehe auch nicht, was mich so weit treiben konnte, mich hier in den Regen zu setzen und ein Haus zu beobachten. Es passiert nichts. Gar nichts. Kein Licht geht an, keines geht aus, doch dann auf einmal bekomme ich einen Riesenschreck, als sich eine kalte Schnauze in meine Wange drückt, an deren ganz anderem Ende ein freudig wedelnder Tierschwanz hängt. Ich kippe von meinem Baumstumpf und liege komplett im Matsch, während das Monster über mich herfällt und mir das Gesicht ableckt. Angestrengt versuche ich ein wenig Abstand zu dem Tier zu bekommen, um zu sehen, mit was ich es da zu tun habe. – Könnte das ein Hund sein? Check. Bing Bing Bing. Hundert Punkte für Frau Schimmer. – Der Hund springt ein paar Meter zurück, dreht sich um die eigene Achse, um dann wieder auf mich zuzuspringen. Es ist Oskar. Antonias Oskar! Jetzt freue ich mich auch. Hätte ich einen Schwanz, ich würde ebenfalls damit wedeln. Oskar und ich verstehen uns ganz hervorragend. Wenn Antonia mit der Familie in Urlaub war, wohnte der Irish Setter-Mischling bei mir. Endlose Spaziergänge und gegenseitige Aufmerksamkeit pur. Mein Ferienhund. Außerdem rief der Anblick von Oskar mir immer ein bestimmtes Bild in Erinnerung. Wie Antonia sanft und liebevoll den Hundekopf streichelt. Antonia hat eben wunderschöne, schlanke, kräftige Hände und ich konnte ihr ewig dabei zusehen. Vor ihr Oskar, wie er diese Aufmerksamkeit genoss: Er schloss die Augen und streckte seinen Kopf ihrer Hand entgegen.

Als ich mich daran erinnere, während ich tollend mit Oskar auf dem Boden liege, kommt mir in den Sinn, dass zum

Hund auch ein Hundeführer gehört. Ist das der Moment? Der peinliche Moment, in dem mich Antonia beim Stalken erwischt und ich meine eigene Mail zunichte mache, in der ich ihr vorwerfe, mich zu behandeln wie einen Stalker und Hundeentführer? Also wenn wir hier schon angelangt sind, erscheint es mir fast logisch, dass ich mir jetzt Oskar schnappe und ihn tatsächlich entführe. Irgendetwas muss ich doch entführen. Den Mann, den Hund. Dann muss Antonia sich bei mir melden und ich fordere ein langes Gespräch in Zweisamkeit, in dem sie mir erklärt, was eigentlich in ihrem Kopf vorgeht.

Dann müsste ich jetzt aber ganz schnell weg hier, bevor Antonia vor mir steht. Ich versuche mich aufzurappeln, was ein wenig schwer fällt, weil Oskar immer noch auf mir rumtollt. In diesem Moment vernehme ich eine sonore, leicht aufgewühlte Stimme: »Entschuldigen Sie bitte.« Langsam hebe ich meinen Kopf in die Höhe und sehe eine große Frau mit grauen Haaren. Ich schließe die Augen, vielleicht hilft das beim Denken. Habe ich vielleicht in den letzten Tagen doch länger geschlafen als gedacht? So circa ein paar Jahre? Ist Antonia jetzt alt? Erkennt sie mich nicht, weil ich geschorene Haare habe und Kapuze und Schlamm mich unkenntlich machen? Ich öffne die Augen und die Frau spricht weiter: »Der Hund ist nicht meiner. Ich pass nur auf ihn auf, solange seine Besitzer im Urlaub sind. Der hört nicht so gut auf mich.«

»Aha«, erwidere ich. Jetzt verstehe ich langsam. Das waren ja schon mehr Informationen, als ich eigentlich hören wollte. Die Frau hilft mir auf. Ich bedanke mich und verabschiede mich schnell, umarme Antonias Hund aber länger und herzlich, vielleicht werde ich ihn auch nie wiedersehen dürfen. Vermutlich wird Antonia mir noch nicht einmal mitteilen, wenn er stirbt. Auch wenn ich das hoffe, denn der Hund ist mein Freund, ich will um ihn trauern dürfen! Sollte

Antonia mir das nicht melden, werde ich es ihr nie verzeihen! Ich eile durch den Regen zu meinem Auto. Mir ist es egal, dass der Schlamm und die Nässe den Fahrersitz wohl auf der Verschleißlinie arg nach vorne bringen werden. Zwanzig Jahre Sitzen haben ihre Spuren hinterlassen. Dann ist der Dreck jetzt auch nicht mehr wichtig. Ich gebe Gas. Ich will so schnell wie möglich weg hier. Ich will böse Musik hören und ganz schnell fahren.

Wie peinlich! Da bestalke ich stundenlang ein Haus, dessen Besitzer in Urlaub sind!

Okay, das war Nachbarschaftswache. Ich habe das Haus bewacht. Ich sollte Geld dafür kriegen. Was fällt der Frau eigentlich ein? Schreibt mir eine Mail und verlässt dann das Land. Wahrscheinlich denkt sie noch nicht einmal an mich, weil sie schön am Strohhalm ihres Cocktails nuckelt, den sie sich am Pool einverleibt, während Sohnemann fröhlich im Wasser plantscht und Mann Max ihr den Rücken eincremt. Ich zittere, ich weiß nicht, ob vor Wut, Scham oder Kälte. Wahrscheinlich eine Mischung aus allem.

Zu Hause knalle ich die Wohnungstür zu und schließe sie dreimal ab. Ich schalte mein Handy aus und verstecke den Laptop in der hintersten Ecke der untersten Schublade in meinem Schlafzimmer. Ich will ihn nicht sehen, um nicht in Versuchung zu geraten, meine Mails zu checken. Ich ziehe mir die nassen Klamotten aus, lege mich in die Badewanne und schreie laut. Dann lasse ich Wasser in die Wanne laufen. Als mein Körper bedeckt ist, stelle ich es aus. Ich tauche mit dem Kopf unter, dann tauche ich wieder auf und greife den Badezusatz vom Wannenrand. Kräuterkurbad – Eukalyptus. Wohltuend und belebend. Wir werden sehen. Als sich einmal eine Erkältung bei mir anbahnte, nahm ich ein Erkältungsbad. Es hat gewirkt. Am nächsten Tag war ich richtig erkältet. War drin, was draufstand.

Also freue ich mich jetzt auf die wohltuende Wiederbelebung. Im Moment bin ich mir sicher, dass ich ein Leben in der Badewanne führen könnte. Wasser ist mein Element. Solang niemand und nichts anderes darin schwimmen. Außer ein Kräuterkurbad. Wasser muss mein Element sein, wo ich doch gerade buchstäblich vom Regen in die Traufe geraten bin. Was mir jetzt noch fehlt zu meinem Glück, ist ein Bier. Zu dumm, es wird nicht von alleine zu mir kommen!

Ich tippele nackt und tropfend in die Küche. Schon meine ich das kühle Nass spüren zu können, wie es mir die Kehler herunterrinnt, während das warme Wannenwasser ... Das Wannenwasser bildet langsam eine Lache um mich herum, während ich geschockt vor dem Kühlschrank hocke. Mein Biervorrat ist alle! Ich muss schon wieder einkaufen in diesem Horrorladen von Supermarkt! Wenn ich nackt einkaufen gehe und mein Timing gut genug ist – den Weg zum Bierregal, zur Kasse und raus kenne ich auf den Zentimeter genau –, bin ich wieder mit dem Bier zu Hause, bevor das Badewasser kalt ist und mich die Polizei festgenommen hat. Ein weiterer Vorteil wäre, dass die Menschen, die da in dem Laden ihren Grundnahrungsmittelbedarf befriedigen, vor einer nackten Frau zur Seite weichen und ich direkt zum Bierregal durchsprinten kann. Solange ich mich nicht mit der Kassiererin auf ein Streitgespräch einlasse, sehe ich Chancen, die Sache knallhart durchziehen zu können.

Auf der anderen Seite wird mir gerade wieder kalt, das Zittern setzt erneut ein. Das bedarf einer fundierten Analyse. Entweder es ist der Alkoholentzug oder die Kälte. Wäre es der Alkoholentzug, könnte ich mit einem Schluck Bier Abhilfe schaffen. Bier hab ich nun aber nicht. Ich sprinte zurück in die Badewanne. Das Wasser ist noch heiß, das Zittern lässt nach. Ich verdränge den Biergedanken und heule stattdessen. So lange, bis das Wasser kalt ist. Lächerlich. Weinen hat keinerlei biologische Funktion. Es ist eine rein sozial verankerte Körperreaktion. Es macht darauf aufmerksam, dass es dem Weinenden nicht gut geht, und ist ein Hilferuf. Wenn sich nun aber, wie es der Zufall so will, gerade niemand in meinem Badezimmer befindet außer mir selbst, wird niemand diesen Hilferuf hören oder sehen. Will ich etwa *mir* zeigen, dass sich mein Befinden eventuell im roten Bereich befindet?

Wenn ich mir jetzt schon selber Zeichen setze, dann werde ich auch umgehend selbst Abhilfe schaffen.

Indem ich Bier kaufen gehe.

Ich ziehe mich aber an dafür. Jetzt weiß ich ja, dass die Kälte mich gerade dem Erfrierungstod nahegebracht hat, was ein zu hoher Bierpreis wäre.

Aus den Erfahrungen der letzten Tage schöpfend, beschließe ich, mit dem Fahrrad zu einem anderen Supermarkt zu fahren. Da wo man nicht über Kinderwagen steigen muss und keine bösen Blicke erntet, weil man fünfzehn Flaschen Bier kauft statt Sojasprossen und Haferschleim. Ich könnte auch die lokale Budenbranche unterstützen. Die erwarten schließlich, dass man Bier und Zigaretten kauft, keiner fragt da nach ökologisch angebauten Kürbiskernen. Aber so ohne Job und bis das Arbeitslosenamt bezahlt, könnte ich ja zumindest versuchen, ein wenig zu sparen.

Mein Schlüssel ist weg. Ich werde wahnsinnig. Wo ist jetzt mein Schlüssel? Jetzt muss ich Prioritäten setzen. Bier ist an erster Stelle. Denn: Mit Bier lassen sich Schlüssel wesentlich besser suchen. Irgendwo habe ich Ersatzwohnungsschlüssel ... die greife ich mir. Jetzt brauche ich noch den Fahrradschlossersatzschlüssel. Ach so, ja. Der war weg, erinnere ich mich. *Fuck! Fuck! Fuck!* Ich bleibe optimistisch und beharre auf dem Wort »suboptimal« in der Beschreibung meiner aktuellen Situation. Aber »suboptimal«, laut herausgeschrien, ist nicht annähernd so befriedigend wie »Scheiße!«, »*Fuck!*« oder »Pillemannarschlochscheißendreckswichse!« Is so.

Es wird langsam knapp. Ich habe das Gefühl, zu verdursten. Nun wird es doch der alte blöde Supermarkt um die Ecke. Immerhin ist es spät geworden. Das hilft. Die meisten Kinderwagenschieberinnen haben die Inhalte der rollenden Wiegen schon nach Hause gekarrt. Ich komme problemlos bis zum Bier durch und packe zehn Flaschen ins Körbchen. Bis zur Kasse werde ich das wohl tragen können. Zehn Flaschen, 0,5 Liter. Fünf Kilo. Und da sage einer, ich mache zu wenig Sport.

Verdammt. Es ist nur eine Kasse offen und die Schlange dementsprechend. Abgekämpfte, müde Angestellte nach Feierabend. Ich hasse diesen Laden. Jeden Tag mehr. Ich reihe mich ein und halte tapfer die fünf Kilo Bier auf dem Arm. Hinter mich gesellt sich eine Rentnerin mit prall gefülltem Einkaufswagen. Gut, dass sie nicht vor mir ist! Aber warum in aller Welt geht sie jetzt ihren Wocheneinkauf erledigen? Das hätte sie doch den ganzen Tag und dabei »Duziduzi« zu all den Babys in ihren Porsche-Kinderwagen machen können. Na gut, ist ja nicht mein Problem.

Bis jetzt. Allerdings bahnen sich erste Komplikationen an, als der Rentnerinnen-Mann auftaucht. Er stopft weitere Dinge in den Wagen, um dann unmittelbar laut loszuschimpfen. Als er die Schlange rauf und runter läuft und sich lauthals in schwerem kölschen Dialekt darüber beschwert, dass keine weitere Kasse aufgemacht wird und dies eine Unverschämtheit am Kunden sei, fährt seine Frau mir den Einkaufswagen in die Hacken. Das macht mich sehr, sehr wütend. Was mich noch wütender macht, ist, dass sie sich nicht entschuldigt. Und dann gibt es noch die Steigerung. Sie fährt mir zum zweiten Mal in die Hacken und entschuldigt sich wieder nicht. Das ist wohl Absicht, was hier geschieht! Ich drehe mich wutentbrannt um und schreie die dumme Pute an: »Ich weiß, Sie sind alt und Ihnen läuft die Zeit weg, aber Sie sind verdammt noch mal nicht alleine auf dieser

Welt!« Ihr Schweigen deute ich als hundertprozentige Zustimmung.

Sie entschuldigt sich immer noch nicht.

Wahnsinn. Die Alten von heute! Gerade als ich sie fragen will, ob es vorm Krieg niemanden gab, der sie anständig hätte erziehen können, rückt die Schlange so weit vor, dass ich mein Bier abladen kann. Wie schön, auch das Rentnerpaar schweigt still, weil es anfangen kann, seinen Einkaufswagen zu entladen.

Zehn Bier à 0,85 Cent, plus 0,08 Cent Pfand macht 9,30 EUR. Ich gebe der Kassen-Tante, die in liebevoller Langsamkeit jede Flasche einzeln über das Band gezogen hat, einen Zwanzig-Euro-Schein. Sie gibt mir 70 Cent zurück, klappt die Kasse zu, bedankt sich und wünscht einen schönen Abend. Ich sehe sie voller Erwartung an. Dann muss ich sie am Weiterkassieren hindern, indem ich ihr mitteile, dass ich ihr einen Zwanzig-Euro-Schein gegeben habe. Sie sieht vorwurfsvoll zu mir hinauf. Ich wiederhole mein Anliegen. »Da bin ich mir sehr sicher!« – »Ja, dann muss ich einen Kassensturz machen«, hält sie mir vorwurfsvoll entgegen. Ja, was soll ich denn machen? Zehn Euro sind mir zuviel, um einfach klein beizugeben. Das Geld gehört doch dem Arbeitslosenamt und ich bin sehr gewissenhaft, was fremdes Geld betrifft! Meistens. – »Ja, dann müssen Sie wohl einen Kassensturz machen«, zische ich durch die Zähne. Ich habe keine Ahnung, was das genau bedeutet, hoffe aber inständig, dass sie nicht auch das ganze Kleingeld zählen muss, um zu sehen, ob sie zehn Euro zuviel in der Kasse hat oder nicht.

Und nun erfahre ich auch umgehend, was ein Kassensturz im Supermarkt bedeutet. Sie ruft ihre Kollegin, die die andere Kasse übernimmt. Dann nimmt sie übel angepisst das mobile Kassenteil aus der Halterung und verschwindet im hinteren Teil des Supermarktes. Ein mir willkommener Nebeneffekt dieser Geschichte ist, dass das Rentnerpaar seine ganzen

Einkäufe zurück in den Wagen packen muss, um die Kasse zu wechseln. Ich erwidere ihre bösen Blicke mit einem freundlichen Lächeln, was nicht mehr sagt als: Was kann ich denn dafür? Während mein Bier warm wird, warte ich an der nun verlassenen Kasse.

Leider hat es das Rentnerpaar nicht als Erste an die neu besetzte Kasse geschafft und muss wieder warten. Es gibt seltene Momente, in denen man fest davon überzeugt ist, dass das Leben auch gerecht sein kann. Ganz genießen kann ich dieses Gefühl aber nicht, denn jetzt hier unverschuldet herumzustehen passt mir auch nicht so recht. Vielleicht ist heute doch der Tag, an dem ich unvermittelt einem fremden Menschen einfach ins Gesicht schlage.

In dem Moment, in dem das Rentnerpaar den kompletten Einkauf aus seinem Korb auf das Band nebenan gepackt hat und die Kassiererin mit Scannen beginnt, kommt auch meine zurück. Sie klinkt ihre Kasse wieder ein und überreicht mir einen Zehn-Euro-Schein, während sie sich tausendfach entschuldigt. Geht doch!, denke ich und verlasse den Laden.

Zu Hause öffne ich meine wohlverdiente Flasche Bier und entscheide mich dafür, noch einmal in die Badewanne zu gehen. Umwelt retten mache ich ein anderes Mal. Wahrscheinlich, indem ich ganz viele Flüge buche. Egal wohin. Denn es ist nichts umweltschädlicher, als wenn vollgetankte Flugzeuge halbleer durch die Welt fliegen. Je mehr man fliegt, umso mehr verringert sich die Wahrscheinlichkeit, dass Sitze frei bleiben. Sobald ich wieder meinen Rechner benutzen werde, muss ich unbedingt nachsehen, was ein Flug von Köln nach Düsseldorf kostet.

Diesmal entscheide ich mich für ein Melissebad. Keine Rede von Geist in der Melisse. »Beruhigend« steht auf der Flasche. Das ist besser. Zumal ich erst jetzt beim Studium der Eukalyptusflasche feststelle, dass »befreiend und wohltuend« für Engländer *»Effective against colds«* und für Franzosen

»*En cas de rhume*« ist. Das weckt in mir Zweifel. Entweder die haben das Produkt wirklich an unterschiedlichen Nationen getestet und sind zu dem Ergebnis gekommen, dass, was beim gemeinen Franzosen und Engländer gegen Erkältung hilft, beim Deutschen allgemein nur befreiend und wohltuend wirkt. Dann will ich nichts gesagt haben. Sollten sie aber einfach nur schlechte Übersetzer beschäftigen, bin ich unzufrieden. Denn wohltuend und befreiend hat das letzte Bad nicht gewirkt. Immerhin war es warm, was aber am Wasser lag. Und das gibt es jetzt noch einmal mit Melisse, entspannend, *relaxing*, *relaxant* – das passt! Am meisten aber wird mich die Gerstenkaltschale entspannen.

Ich fühle mich im warmen Wasser geborgen und denke an Antonia.

Ungefähr ein Dreivierteljahr muss es her sein. Es war eisig kalt draußen und Antonia war zu mir in die Stadt geschlittert. In ein paar Tagen würde Weihnachten sein und wir beschlossen, auf den Weihnachtsmarkt zu gehen. Wir schlenderten über den Markt, der Dom ragte erstrahlt in den wolkenverhangenen Himmel und die ersten Schneeflocken des Jahres fielen. Antonia und ich überlegten, wie es sein konnte, dass der Dom in der Dunkelheit, so angestrahlt, aussieht wie aus Pappmaschee. Am Fuße fühlt es sich nach Stein an, wenn man ihn berührt, wir haben das getestet, aber nach oben hin ist da vielleicht ein wenig geschummelt worden. Zusammen ersannen wir folgende Theorie: Der Dom ist in Wahrheit erst nach dem Kölner Hauptbahnhof gebaut worden. Im Auftrag der Bahn. So wie es diese Autobahnkapellen gibt, damit Reisende kurz ein bisschen beten können, ehe es weitergeht. Dieser Ansatz ist schon allein deshalb einleuchtend, da niemand, absolut niemand, einen so betonverwucherten Bahnhof unmittelbar neben ein Jahrtausendbauwerk wie den Dom stellen würde. Weitere Zusammenhänge liegen auf der Hand. Klüngel hin oder her, die Stadt liegt in der Hand der Bahnmafia. Nicht umsonst heißt es auch »Karnevals*zug*«. Die einzelnen Garden bezahlen mit ihrem Geld solche Dinge wie neue Fenster für den Dom. Und der gehört ja nun der Bahn, wie wir bewiesen haben. Vermutlich ist auch die Bahn daran schuld, dass Köln immer ein paar Grad mehr Wärme hat als das Umland. Wir vermuteten, dass die Bahn heimlich die komplette Stadt untertunnelt hat, damit ihr Vorstand und ihre Angestellten sicher und im Gegensatz zu allen anderen pünktlich durch Köln reisen können. Das kann ja nicht sein, dass Türme sich neigen und ganze Gebäude einstürzen, wenn lediglich die eingezeichneten Tunnel unter der Stadt herlaufen. Eines Tages werde ich aufwachen und ein Untergrundleben führen, weil die ganze Stadt eine Etage tiefer gerutscht ist.

Antonia und ich guckten uns alle Stände an, während wir genüsslich Glühwein schlürften. Wir kauften ein Holzspielzeug für ihren Sohn und sie beriet mich beim Kauf meiner neuen Handschuhe. Dann nahm sie meine Hand. Es war das erste und einzige Mal, dass sie meine Hand in der Öffentlichkeit ergriff. Und sie hielt sie endlos lang. Antonia lebt und arbeitet in Düsseldorf, es bestand nicht wirklich Gefahr, dass jemand sie erkannte. Aber selbst wenn, war spürbar, dass es ihr egal gewesen wäre. Ich fühlte mich wieder so unendlich sicher in ihrer Nähe. So gut. So wohl. Entspannend, wohltuend und befreiend. Die Stimmung vor Weihnachten kann magisch sein. Wir werden so erzogen, dass wir für diese Zeit etwas ganz Besonderes empfinden. Die Vorfreude, der Schnee, wenn die ganze Welt so weiß und sauber ist! Unschuldig wie ein kleines Kind. Das sind Momente des Jahres, die ewig in Erinnerung bleiben können.

Als die Wirkung des Glühweins nachließ, waren wir gerade bei mir zu Hause angekommen. Um uns aufzuwärmen, ließ ich heißes Badewasser ein. Während wir im Kerzenschein Sekt in der Badewanne tranken, las Antonia mir eine Geschichte vor. Noch bevor das Wasser kalt wurde, lockte mich Antonia aus der Wanne und zog mich ins Bett. Ich hätte für ewig in diesem Moment verharren können.

Immerhin habe ich jenen Abend erlebt. Er wird mir für immer im Gedächtnis bleiben. Ein schwacher Trost, aber auch nicht nichts. Wenn ich meine Augen schließe, kann ich mir vorstellen, dass Antonia mit mir in der Wanne sitzt. Ich höre ihre Stimme, wie sie mir die Geschichte vorliest. Es war ihre Geschichte. Sie hatte sie geschrieben. Als Journalistin verließ sie immer wieder gerne die Berichterstattung, um kleine Geschichten zu schreiben. Schöne Geschichten. Sie handelten von Zauberern, Feen, Magie, Wundern und immer von der Liebe.

Ich schließe die Augen. Kurz bevor ich in der Badewanne einschlafe, schleiche ich mich ins Bett und falle umgehend in einen tiefen, wohltuenden, entspannenden Schlaf.

Kapitel 3: **Handeln und betteln**

Fünf Wochen ist es her, dass Antonia mir die Mail schickte. Seitdem hat sie sich nicht mehr gemeldet. Mit aller Kraft habe ich versucht, ihr keine Mail mehr zu schreiben. Ich habe versucht, die Fragen für mich selbst zu beantworten. Doch ich habe keine Antworten gefunden. Ich verstehe nicht. Immer noch nicht. Mit Punkt.

In den letzten fünf Wochen habe ich geschrien, geweint, getobt, eine Katze getreten, einen Polizisten beschimpft, mir das Hirn weggetrunken und meinen Rekord im Laternenaustreten gebrochen. Das ist so eine alte Jugendgeschichte. Wenn man sehr heftig gegen den Schaltkasten einer Straßenlaterne tritt, geht sie für ein paar Momente aus und schaltet sich dann wieder ein. Als Jugendliche haben wir versucht, die letzte Laterne der Straße auszutreten, bevor die erste wieder angeht. Keiner von uns hat es geschafft. Vielleicht waren wir als Jugendliche nicht wütend genug. Jetzt ist es mir gelungen. Ich bin sehr stolz. Nach heutigen Möglichkeiten hätte ich den Erfolg mit dem Handy aufzeichnen und auf diversen Plattformen im Internet zur Schau stellen können, um mich mit Ruhm der Halböffentlichkeit präsentieren zu können. Aber das habe ich nicht getan. Dieser Erfolg war ganz allein der meinige. Den habe ich nur mit dem Polizisten geteilt, der mal wissen wollte, warum die Straße so dunkel wurde und in regelmäßigen Abständen ein Bumm zu hören war. Ich wollte ihn gar nicht anschreien, aber es passte irgendwie. Danach nahm ich die Beine in die Hand, um wegzurennen. Dabei bin ich aus Versehen über die Katze gestolpert. Ich hoffe, ihr geht es gut. Zumindest wieder gut. Und dann bin ich gerannt, gerannt und gerannt. Bis ich nicht mehr konnte. Und das ist auch schon alles, was in den letzten fünf Wochen passiert ist. Was ich trotz allem nicht geschafft habe, ist, Lisa zurückzuschreiben oder sie anzurufen oder vorbeizugehen. Es hat sich irgendwie nicht ergeben oder ich konnte es nicht, oder wollte es nicht. Ich habe aber wieder eine Vorstellung, welcher Tag ist, und heute, am Donnerstag, habe ich eine Mail von Lisa in meinem Postfach.

Sie macht mir gar keine Vorwürfe, fragt nicht, warum ich mich nicht melde, aber sie fragt mich, ob ich von Antonia die Einladung zu ihrer Lesung bekommen habe. Im Anhang schickt sie sie gleich mit. Antonia hat ihre kleinen Geschichten zu einem Buch zusammengefasst und wird in einer Buchhandlung daraus vorlesen. Wie passend. In Köln. In zwei Tagen. Es verletzt mich, dass sie *mich* nicht eingeladen hat. Es verletzt mich zutiefst, dass sie *meine Freunde* dazu einlädt! Das ist demütigend. Glaubt sie ernsthaft, dass ich das nicht herausfinde? Wohl kaum. Da ich sie nicht für unzurechnungsfähig halte, unterstelle ich ihr Vorsatz. Vorsätzliche Demütigung. Das tut wirklich weh.

Da muss sie halt jetzt mal wieder mit einer Mail von mir leben.

»Antonia,
alles was ich von dir will, ist eine Erklärung. Ich verstehe, warum du unsere phantastische Parallelwelt abreißen musstest, aber ich verstehe nicht, warum ich in deinem Leben gar nicht mehr vorkommen darf. Du darfst in meinem vorkom-

men. Ich habe dich nämlich genug losgelassen, um dich nicht verlieren zu müssen. Kannst du nicht vorankommen, indem du siehst, wie du mit mir umgehen kannst? Und sehen, wie du mit mir umgehen kannst, kannst du nur, indem du mit mir umgehst.

Was mich wundert ist, dass du meine Freunde zu deiner Lesung einlädst. Was soll das?

Bitte melde dich. Du fehlst mir.

Suza«

Hoffentlich antwortet sie. Ich schreibe noch kurz Lisa, dass ich die Einladung nicht bekommen habe. Nicht mehr, nicht weniger. Ich schaffe es einfach nicht, mit Lisa zu reden. Mir ist bewusst, dass es ganz wunderbar so ist, wie es ist, aber dennoch fühle ich mich von ihr verraten. Oder verlassen. Das Gefühl ist falsch, es ist aber trotzdem da, also muss ich warten, bis es wieder verschwunden ist, damit ich mich mit Lisa beschäftigen kann. Und außerdem habe ich wahrhaftig andere Probleme als zu überlegen, welchen Strampler ich für den Nachwuchs kaufe. Gibt es da überhaupt unterschiedliche? Keine Ahnung. Egal.

Ich habe nicht eine einzige Jobanzeige gelesen. Ein Jahr Anspruch auf Arbeitslosengeld. Das gibt mir elf Monate und zwei Wochen Zeit, bevor ich mir Anzeigen durchlese. Minus fünf Wochen, die schon rum sind. Bleiben immer noch genug.

Während ich das Sofa durchliege, beschließe ich, auf jeden Fall, komme was wolle, zu Antonias Lesung zu gehen. Zwei Tage Zeit, um mich so herzurichten, dass Antonia die Kinnlade herunterklappt, wenn sie mich sieht. Aufgrund der Tatsache, dass der Raum voller Leute sein wird, wird sie nicht über mich herfallen, aber ich will in ihren schönen Augen ablesen, dass sie es gerne täte. Die kurzgeschorenen

Haare werden dazu einiges beitragen können. Auch wenn ich einen um den anderen Tag irgendwie abhänge, versuche, meinen Zehn-Stunden-Fernsehplan einzuhalten und nur rauszugehen, wenn ich neues Bier brauche oder eine Pizza, ist es mir zum heiligen Ritual geworden, alle paar Tage die Haare nachzuscheren. Das ist meine Kampffrisur und ich finde, sie bringt meine Wangenknochen gut zur Geltung. Im Übrigen habe ich es geschafft, den Supermarkt zu wechseln. Meinen Schlüssel habe ich wiedergefunden. Er war im Aquarium bei Antonia. Keine Ahnung wie er da hingekommen ist, aber jetzt kann ich mit meinem Fahrrad zum Supermarkt fahren. Was gut ist.

Keine Ahnung, was das schon wieder für eine Sendung ist, die mich da im Fernseher berieseln soll. Ich habe das Gefühl, sie schon einmal gesehen zu haben. Aber das Bild war klarer. Ich stehe auf und wandere die fünf Schritte zum Gerät. Mit dem Finger streiche ich einmal über die Mattscheibe. Nun sehe ich den gleichen Mist wie zuvor, aber durch den Streifen sieht man ihn klar. Das bringt mich zu der Erkenntnis, dass ich mal wieder putzen könnte.

In der Küche finde ich auch unter dem Geschirrberg keinen Staublappen. Wenn man nicht weiß, wo man anfangen soll, sollte man es direkt lassen, denke ich. Vor allen Dingen, wenn man eine Alternative hat. Nach einer halben Stunde Suchen finde ich die Telefonnummer von dieser Frau, die ich kürzlich in einer Kneipe traf. Wenn man so von seinem Umfeld verarscht worden ist, muss man wieder aufs Pferd aufsteigen und sich dem Umfeld stellen. Also gehe ich einmal die Woche in die Kneipe und treffe dort Menschen, die ich entfernt kenne oder auch nicht. Die Seele lässt sich immer mit Alkohol betäuben und in Gesellschaft zu trinken ist gesellschaftlich anerkannter, als alleine zu trinken. Alleine zu trinken bedeutet, man ist depressiv. In der Kneipe zu trinken bedeutet, dass man auf eine sozial gesunde Art und Weise den Kummer ertränkt und am Leben teilnimmt. Und ich will mich meiner Gesellschaft nicht entziehen. Weder der, die mich umgibt und Werte setzt, noch meiner ganz eigenen, die ich sehr unterhaltsam finde. Ich finde, ich bin feine Gesellschaft. Ich empfehle jedem meine Gesellschaft. Indem ich meine Gesellschaft der Gesellschaft in der Kneipe anbiete, tue ich der Welt was Gutes. Mir selbst auch, denn die Telefonnummer, die ich kürzlich in der Kneipe bekam, wird nun mein Putzproblem lösen.

»Hallo Carmen!«, begrüße ich die verschlafene Stimme. »Carmen, erinnerst du dich an mich? Letzte Woche in der Kneipe? Suza. Wir haben zusammen den Tequila-Wettbewerb bestritten.«

»Ja, ja«, antwortet Carmen. Ihre Stimme ist nun wesentlich wacher.

»Ich habe eine Bitte an dich. Du hast doch erzählt, dass du dein Geld nebenbei als Nacktputzerin verdienst. Kann ich dich engagieren?«

»Ja, klar! Wann?« Carmen freut sich.

»Prima. In einer halben Stunde. Ich verstecke den Haustürschlüssel im Blumentopf neben dem Eingang.«

Ich lege auf und bin mir sicher, dass Carmen es als seltsam empfindet, dass sie sich selbst Einlass verschaffen muss. Da ich eine sehr konkrete Vorstellung von dem habe, was in einer halben Stunde passieren soll, muss sie da durch.

Ich gehe ins Bad und schalte das Radio ein, damit es mir einen guten musikalischen Background für meine Wascharie gibt. Wasser ins Gesicht und über die Stoppelhaare. Fertig. Ich schmeiße mir ein paar Klamotten über, die noch sauber aussehen. Die ganze Badewanne ist voll von Anziehsachen, aber ich bin mir fast sicher, dass ich auch ein paar saubere Sachen daruntergemischt habe. Nämlich solche, die ich mir rausgelegt hatte, weil ich ausgehen wollte, es dann aber doch nicht getan habe.

Ich schreibe einen Zettel: »Liebe Carmen. Ganz dringend muss der Fernseher abgestaubt werden. Wäsche waschen, Geschirr spülen. Ich habe keine Putzutensilien mehr, fürchte ich, aber ich bin mir sicher, du hast deine Geräte dabei.«

Den Zettel lege ich so hin, dass Carmen ihn auf jeden Fall sehen muss.

Dann greife ich den Wohnungsersatzschlüssel, den ich im Blumentopf verstecken werde, nehme mir ein Buch und den leeren Bierkasten und verlasse das Haus.

Vier Stunden später komme ich zurück. Ich habe meinen leeren gegen einen vollen Bierkasten getauscht und mich lesend in einen Biergarten gesetzt. Mein Kasten wurde akzeptiert. Ich habe fünf große Kaffee getrunken und das halbe Buch gelesen. Dabei hat mir die Spätherbstsonne die Nase gewärmt und es war ein schöner Nachmittag. Wobei mir das Bier nicht zu trinken weniger schwer gefallen ist als das Lesen. Ich neige dazu, zum Menschengucken überzugehen, sobald ich in Cafés sitze. Sie erzählen mir mehr Geschichten, als ein einzelnes Buch es kann.

Carmen hat ganze Arbeit geleistet. Der Fernseher strahlt vor Sauberkeit, Wäsche ist gewaschen und aufgehängt, das Geschirr gespült und in die Schränke geräumt. Selbst der Boden ist gestaubsaugt und die Fliesen sind gewischt. Carmen hat einen Zettel neben meinen Ersatzschlüssel gelegt:

»Suza,

du spinnst.

Habe trotzdem nackt geputzt. Schon allein wegen der Nachbarn. Nette Nachbarin gegenüber vom Küchenfenster übrigens. :o)

Ich hoffe, du bist mit meiner Arbeit zufrieden. Habe 3 Stunden gebraucht, ich kriege 90,– EUR von dir. – Sondertarif :o)

Meine Telefonnummer hast du ja.

Bussi! Carmen«

Hach, das ist aber eine nette Nachricht von Carmen. Hauptsache, sie hat Spaß gehabt bei der Arbeit. Ich drehe mich einmal um die eigene Achse. Mir gefällt die Wohnung, wenn sie sauber ist. Und drei Stunden, da hat Carmen nicht getrödelt. Wenn ein Nacktputzer nicht zuviel mit dem Hintern wackeln muss, ist seine Arbeit offenbar deutlich effektiver. Nehme ich an.

Auf Carmens Zettel liegt auch ihre Visitenkarte. Die Frau ist Großunternehmerin! »Carmen Garcia – Nacktputzerin und Begleitservice«. Respekt. Und bei ihrem südländischen Aussehen bestimmt gut gebucht. Soweit ich mich erinnere, sieht sie sehr gut aus. Hinter einem Tequila-Schleier sieht allerdings irgendwann fast jeder sehr gut aus. Außerdem hatten wir an unserem Kneipenabend das gleiche Problem. Wir wollten ganz schlicht unseren Kummer ertränken. So saßen wir nebeneinander am Tresen und glichen unseren Trinkrhythmus an. Ich bestellte den ersten Tequila, als Carmen gerade ihr Bierglas leertrank. Tequila hielt sie für eine gute Idee und bestellte auch einen. Ich wartete, bis der ihrige vor ihr stand, und sie prostete mir zu. Dann tranken wir gemeinsam abwechselnd Bier, Tequila, Bier. Gemeinsam trinken ist wie gemeinsam joggen gehen. Man braucht einen Partner, der das gleiche Tempo hat. Wenn dein Trinkpartner sagt, er müsse nach dem nächsten Bier gehen, du aber nicht weißt, ob das für dich bedeutet, dass du dir in der Zeit noch drei bestellen kannst oder lieber Gas geben musst, damit du die letzten drei Schluck noch trinken kannst, die sich im aktuellen Glas befinden, ist es schwierig und unentspannt.

Bei Carmen und mir funktionierte das ganz hervorragend und jetzt, wo ich ihre Visitenkarte in der Hand halte, habe ich eine Idee. Was fände Antonia wohl schlimmer, als wenn ich mit einer anderen Frau auf der Lesung auftauche und so tue, als sei ich der glücklichste Mensch der Welt?! Klare Demonstration von: Ich brauch dich gar nicht.

Ich rufe Carmen an.

»Du bist so dekadent, Suza«, wirft sie mir lachend an den Kopf.

»Wieso«, frage ich, »wenn jemand Nacktputzer ist, gehe ich davon aus, dass er gerne putzt und dass er gerne nackt ist. Ich habe dir ermöglicht, beiden Vorlieben nachgehen zu können. Sind die anderen Kunden denn zu Hause, wenn du bei ihnen putzt?«

Carmen ist sprachlos. »Also wirklich! Vielen Dank.«

»Ihr Griechen habt das einfach im Blut.« Ich muss lachen. Sie auch. Carmen ist Griechin, hat sie mir verraten. Sie glaubt aber, dass spanische Nacktputzer besser ankommen als griechische. Ihre Theorie ist, dass das mit dem Stierkampf zu tun hat und der Deutsche bei Griechen nur an Gyros denkt.

»Was meinst du damit?« Carmen tut brüskiert.

»Naja, ihr seid bekannt für eure nackten wohlgeformten Statuen. Ob du eine Göttinnen-Figur hast, habe ich jetzt zwar nicht gesehen, aber der Marmor dieser Statuen blitzt immer vor Sauberkeit und meine Wohnung tut es jetzt auch.«

»Und da hatte sich auch schon hier und da Moos angesetzt«, antwortet Carmen zu Recht frech.

»Ja, ja. Stimmt. Spaß beiseite. Sag mal, deine Visitenkarte sagt, du würdest auch begleiten. Was machst du am Samstagabend?«

Carmen hat nichts vor, also buche ich sie. Damit werde ich mit einer stolzen griechischen Spanierin, die unfassbar gut aussieht, bei Antonias Lesung auftauchen! Mit Carmen habe ich vereinbart, dass sie so tut, als könne sie nicht von mir lassen. Küsschen hier, Küsschen da und im Preis inklusive sind zwei längere bis Zungenküsse, wenn ich das möchte oder für nötig erachte.

Jetzt freue ich mich regelrecht auf Samstag. Antonia will

mich demütigen und ich werde ihr zeigen, dass sie das nicht kann.

Außerdem kennt niemand Carmen. Also werden auch Lisa und Tom denken, Carmen sei meine neue Freundin. Dann denkt Lisa vielleicht, das sei der Grund, warum ich mich nicht so ausgiebig, also gar nicht, gemeldet habe in letzter Zeit.

Ich freue mich sehr darauf, Lisa zu sehen. Am liebsten würde ich aber nicht mit ihr reden wollen. Unser nächstes Gespräch sollte mit einer Entschuldigung und Erklärung meinerseits beginnen und man sollte ein paar Stunden Zeit haben, um sich wieder anzunähern. Samstag wird es um Antonia und mich gehen. Mehr Baustelle kann ich womöglich gar nicht vertragen. Lisas Anwesenheit wird mir aber dazu dienen, mich sicher zu fühlen. In Lisas Gegenwart habe ich mich immer sicher gefühlt. Wenn wir uns gestritten haben, dann kam der Streit irgendwo her und hatte sich aufgebaut. Das konnte ich nachvollziehen. Das war logisch und genauso logisch haben wir uns auch wieder da herausgeredet. Schritt für Schritt.

Es gibt aber Menschen, mit denen man drüber diskutiert, dass die grüne Wiese gemäht werden muss und dann auf einmal, ganz unvermittelt aus dem Nichts, fliegt einem das Argument entgegen, dass die Wiese gar nicht grün, sondern rot sei. Ich habe mir angewöhnt, in solchen Fällen aufzustehen und zu gehen. Vielleicht meinen sie es ernst, was schlimm ist. Aber je älter man wird, umso mehr Menschen begegnen einem, bei denen man nicht den blassesten Schimmer hat, wieso sie ticken, wie sie ticken, und aus welchem David Lynch-Film sie ihre Motivationen ziehen.

Vielleicht spielen sie Eristik. Die Kunst des Streitens und Debattierens mit dem Ziel, Recht zu behalten, selbst wenn man weiß, dass man im Unrecht ist. Wenn dem so ist, komme ich mir verarscht vor.

Gegen vollkommen irrationale Behauptungen anzudiskutieren ist unfassbar anstrengend und raubt einem die Zeit, die man in Besseres investieren könnte: in gute, rationale Diskussionen oder den Genuss von neuen Biersorten. Selbst die Klosprüche auf der Toilette zu lesen ist wertvoller verbrachte Lebenszeit.

Ich muss gestehen, der Gedanke, Antonia wiederzusehen, versetzt mich bereits jetzt in einen Zustand großer Nervosität. Sie ignoriert mich komplett, aber dann wird es den Moment geben, in dem sie mir nicht aus dem Weg gehen kann. Sie muss mir in die Augen gucken. Sie muss sich Gedanken darüber machen, wie sie es findet, dass ich geschorene Haare habe, sie muss überlegen, wie ich es wagen kann, bei der Lesung aufzutauchen. Da ich aber nicht davon ausgehe, dass sie mir auf die letzte Mail antwortet, habe ich auch keine Ansage von ihr, die mich davon abhält. Sie könnte mir ja schreiben, sie könnte mich bitten, nicht zu kommen. Selbst über diese wenigen und sogar abweisenden Worte würde ich mich schon freuen. Alles ist besser als »Bitte lass mich los.« Mit Punkt. Wenn sie schreiben würde, dass ich nicht kommen soll, würde das bedeuten, dass mein Kommen ihr etwas bedeutet. Ihr Schweigen sagt mir gar nichts mehr. Am Samstag werde ich sehen, was ich ihr bedeute. Und sie wird sehen, was sie mir bedeutet. Spätestens, wenn sie Carmen und mir beim Küssen zusehen muss.

In diesem Moment kommt mir ein unangenehmer Gedanke. Wenn sie ihre Kurzgeschichten liest, wird sie dann *unsere* Geschichte lesen? Die, die sie mir damals in der Badewanne vorgelesen hat? Eine Geschichte mit roten Gnomen, kleinen Feen und fünfletzten Einhörnern. Oder wird sie wenigstens den Anstand haben, ihren Plan zu ändern, wenn sie mich im Publikum entdeckt? Ich werde ihr meinen Stuhl an den Kopf werfen, wenn sie es wagen sollte, *unsere, meine* Geschichte vorzulesen.

Der Freitag ist für mich lediglich der Tag vor Samstag. *Dem* Samstag. Ich komme mir fett vor und gehe erst mal joggen. Danach bin ich zu Tode gelangweilt und nachdem ich mir während des Laufens zehnmal vorgestellt habe, wie das Treffen mit Antonia ablaufen wird, ist selbst diese Vorstellung abgedroschen. Etwas Anderes zu denken war aber auch nicht möglich. Nichts zu denken geht gar nicht.

Meine Vorstellung läuft ungefähr folgendermaßen ab: Mit Carmen an der Hand betrete ich die Buchhandlung. Wir setzen uns in die erste Reihe. Als Antonia die Bühne betritt, stolpert sie fast, als sie mich sieht und Carmens Hand auf meinem Bein. Sie setzt sich und schafft es kaum, mit dem Lesen zu beginnen. Nachdem sie ihre Geschichten vorgelesen hat, applaudieren Carmen und ich höflich. Antonia greift zum Mikrophon und verkündet vor allen Zuhörern, unter denen sich auch ihr Mann befindet, dass sie mich zurück haben möchte, weil sie mich liebt. Sie entschuldigt sich bei ihrem Mann, aber Max versteht, dass eine so große Liebe nicht aufzuhalten ist. Er gibt sie frei und ich gehe auf die Bühne und küsse sie und dann lassen wir uns den ganzen Abend und die ganze Nacht nicht mehr los. Und Carmen tröstet Max.

Es ist früher Nachmittag. Ich wäre nun durchaus willig, meine Wohnung zu putzen, wenn sie nicht schon sauber wäre. Ich brauche Ablenkung. Das Fernsehen, so habe ich beschlossen, geht als adäquate Ablenkung nicht mehr durch.

Also tue ich etwas, was ich schon lange nicht mehr getan habe, was mir als Kind aber immer geholfen hat. Ich gehe in den Zoo.

Dort ist das Geld der Arbeitsagentur gut investiert. Ich erwarte nicht, dass ich für den Tierschutzpreis ausgezeichnet werde, kann es mir aber nicht verkneifen, an der Kasse nach einer Spendenquittung zu fragen. Die Kassiererin findet das nicht so lustig wie ich. Ihr Leben ist wohl auch nicht so aufregend wie meins, besonders nicht, wenn ich an morgen und das große Liebes-Happyend denke.

Das Wetter hält sich an diesem Freitag recht bedeckt. Es sind nicht sehr viele Menschen im Zoo. Das kommt mir sehr entgegen. Viel mehr Kinderwagenbarrieren samt Schreiattacken als in meinem Ex-Supermarkt in diesem Jahr vertrage ich nicht. Ich erinnere mich recht und finde die Erdmännchen sofort. Sie sitzen, jung und alt, in ihrem Körbchen und wärmen sich unter der roten Lampe. Ich könnte ihnen ewig zuschauen. Sie sind so menschenähnlich. Ein dickes Erdmännchen streckt seine Plauze gen Lampe, während sich ein dünnes immer wieder nervös aufstellt und umsieht. Die Bewegung im Korb führt dazu, dass immer wieder Männchen herausfallen und sich einen neuen Platz in der Gemeinschaft suchen müssen. Na, das ist doch wie im wahren Leben, denke ich mir, als ich zehn Meter entfernt einen weiteren Korb unter einer Wärmelampe entdecke. In dem sitzt ganz entspannt ein einzelnes Erdmännchen. Ich muss lachen. Entweder dieses Tier ist der absolute Großmogul der Gruppe oder es hat ein soziales Problem. Oder ist einfach nur klug. Es denkt sich, warum sich mit den anderen tummeln, wenn dort noch ein Korb ohne Gedrängel existiert. Ich verstehe das Erdmännchen. Wenn ich eines von all diesen hier sein könnte, dann wäre ich gerne genau das eine da.

Ich schlendere weiter. Ein Okapi steht gelangweilt auf der Wiese, die Geparde folgen nicht ihren eingetrampelten Pfaden, sondern dösen auf dem Erdhügel um die Wette. Ein Hirsch vögelt eine Hirschkuh. Zumindest versucht er es. Die Kuh scheint auf der Flucht zu sein. Vögel mausern sich, Hirsche vögeln sich. Die Welt ist manchmal arg verkehrt.

Am Verkehrtesten ist sie in der Welt der Jäger. Ich bin fest davon überzeugt, dass sie alle völlig hackedicht um einen Tisch saßen, als sie beschlossen, eine Jägersprache zu entwickeln. Sie wollten eine haben, damit sie sich von anderen abheben und die Menschen denken: »Oh, Wahnsinn, ein echter Jäger! Er spricht in seiner Sprache und ich bin zu blöd, sie zu verstehen.« Aber so betrunken, wie sie waren, fielen ihnen ums Verrecken keine neuen Wörter ein, oder, noch schlimmer, sie dachten, dass die Wörter, die ihnen einfielen, neue wären. Also heißt Blut Schweiß und Schwanz Rute, während die Brunftrute wiederum der Schwanz ist. Der andere. Waldhühner hudern in der Pfanne und der italienische Einwandererjäger durfte Penne für Schwungfedern erfinden. Das muss ein großartiger Abend unter Jägern gewesen sein. Der Jäger, der noch mit dem Teddy im Bett schläft, wollte noch den Bären Petz nennen und sie haben so gelacht, als ihnen einfiel, dass man das Blässhuhn scherzhaft Papchen rufen könne. Ich bin mir sicher, dass der Oberjäger peinlichst beschämt war, als er sich am nächsten Mittag die Namensbeschlüsse durchlas. Um ihre Verfehlungen zu mindern, haben sie sich sofort noch einmal nüchtern zusammengesetzt, um wenigstens ein paar Worte beizufügen, die etwas seriöser daherkommen. Mit dieser Theorie habe ich einst Stephan, meinen Jägerfreund, konfrontiert. Er fühlte sich zutiefst in seiner Jägerehre verletzt, so dass ich schleunigst das Thema wechseln und ihn weiter über die Geheimnisse der guten Jägerei befragen musste. Große Heldengeschichten, ehrenwerter Waidmänner. So männlich!

Der Hirsch bekommt heute keinen Heldenorden. Er rutscht von der Kuh, bevor er zum Höhepunkt kommt. Das ist nicht jugendfrei. Ich wandere weiter, nicht ohne vorher noch einen Blick auf das Informationsschild zu den Hirschen zu werfen. Vom Aussterben bedroht. Na, das wundert mich nicht!

Ich stelle mich eine Weile vor den lachenden Hans und singe *Kookaburra*. Und warte. Hans lacht nicht. Ist wohl nicht so gut gelaunt heute. Vielleicht nervt ihn das Mausern. Oder er will mal wieder vögeln und hat keine Hansin. Man weiß es nicht genau. Auch als ich ihm aufmunternd zurufe: »Mach was!«, lässt er sich auf nichts ein.

Die Löwen sind dagegen hellwach. Hier herrscht reges Treiben statt gelangweilten Rumhängens. Der Löwe ist allerdings geschickter als der Hirsch. Tja ja, die Katze lässt das Mausen nicht. Man sollte definitiv einen Jugendschutz im Zoo einführen. Unfassbar. Ich sehe unter all den Tieren nur die, die sich gerade vergnügen oder genüsslich schlafen. Ist das subjektive Selektion? Oder gibt es im Zoo, bedingt durch Langeweile, erhöhte Vermehrungstätigkeiten? Es ist nicht ganz fair, aber ich muss kurz an Lisa denken. Ich sollte demnächst daran arbeiten, kleine Kinder wirklich niedlich zu finden! Aber mit Lisas Zwerg werde ich nicht in den Zoo gehen, bevor er achtzehn ist. Das beschließe ich schon einmal und finde, mit der Fürsorge bin ich eine gute Pre-Patentante.

Auf der anderen Seite habe ich nicht vor, mich selbst zu verlieren, wenn ich erst mal Patenverpflichtungen einem Kleinkind gegenüber habe. Deswegen kann ich es mir leider nicht verkneifen, vor einer Gruppe Kindern auf die Vögel hinzuweisen, die sich hinter zwei sich paarenden Affen auf einem Baum niedergelassen haben. »Guckt mal, die Vögel!«, rufe ich. Die Mütter scheinen sehr dankbar, dass sie ihren Kindern nun erklären dürfen, was das für Vögel sind. Vielleicht auch, was die Affen dort auf dem Baum machen. Zumindest eine Mutter lacht. Wahrscheinlich, weil es nicht die Mutter ist, sondern die Patentante, die sich jetzt ansehen darf, wie die Mutter den Kindern das alles erklären soll.

Ich mache mich lieber aus dem Staub und finde etwas Erholung bei den Seelöwen. Die liegen einfach nur rum. Das macht mich ein wenig müde, als sich ein ungefähr fünf- oder achtjähriger Junge nähert und sich neben mich stellt. Wir beobachten die Tiere gemeinsam beim Nichtstun. Nach einer Weile sagt der Junge: »Die bewegen sich gar nicht. Vielleicht sind sie tot.« Ich will ihn nicht anlügen, also erwidere ich:

»Ja, vielleicht sind sie tot. Man sollte jemanden holen, der mal nachsieht.« Der Junge guckt mich mit großen Augen an, als seine Mutter sich nähert: »Marvin!«

Ich habe das dringende Bedürfnis sofort zu den Elefanten zu gehen. Schon wieder habe ich Großes für die Kindererziehung geleistet. Marvin wird seiner Mutter seine Befürchtung mitteilen und sagen, dass die fremde Frau auch meinte, die Tiere seien vielleicht tot. Die Mutter wird »Marvin!« keifen und widersprechen, über ihrer Keiferei werden die Seelöwen wach und beginnen sich zu rühren und die Mutter kann ihrem Sohn beweisen, dass es besser ist, auf sie zu hören statt auf fremde Frauen.

Die Elefanten tun das, was man von Elefanten erwartet, das sie tun. Ich beschließe meinen Zoobesuch zu beenden und bin ein wenig traurig, dass es keine Panther mehr im Zoo gibt. Diesen geschmeidigen Edelkatzen könnte ich länger zusehen als irgendeinem anderen Tier, Erdmännchen ausgenommen. Am Haupteingang beschließe ich doch noch kurz ins Aquarium zu gehen. Nur um zu sehen, ob nach wie vor sich alle vor dem Becken mit den Clownfischen drängen und behaupten, Nemo gefunden zu haben. ... Dem ist so. Es wird Generationen dauern, bis die Kinder der Welt Nemo nicht mehr kennen und einen Clownfisch Clownfisch oder zumindest Anemonenfisch nennen werden. Ich bin mir sicher, damals haben Kinder geglaubt, Elefanten könnten fliegen, und die Eltern haben erklärt, dass die Elefanten im Zoo aber keine Zauberfeder im Rüssel halten. Allerdings nur die Eltern, die Dumbo nicht zu Ende gesehen haben. Dumbo kann nämlich sehr wohl ohne Feder im Rüssel fliegen. Aber welche Eltern haben schon die Zeit, sich einen Kinderfilm bis zum Ende anzusehen? Naja, vielleicht haben sie es damals gekonnt. Heute heißen Ratten mit runden Ohren Dumbo-Ratten und wurden vermutlich gezüchtet, als der Run auf Ratten als Haustiere begann, nachdem Ratatouille ins Kino gekommen war. Auf dieser Welt hängt alles zusammen. Man muss es nur richtig betrachten.

Meine Zooablenkung hat gut funktioniert. Selbst im Affenhaus habe ich nicht an Antonia gedacht. Bei den Elefanten auch nicht.

Auf dem Nachhauseweg kaufe ich mir zwecks weiterer Ablenkung eine Zeitung.

Zu Hause mache ich mir einen Kaffee, um mich aufzuwärmen, und perfektioniere ihn mit einem Schuss Cognac.

Wie schön: Neben den Todesanzeigen befinden sich die Geburtsanzeigen. Ich spucke den Kaffee auf die Zeitung, als ich lese, »Unsere Liebe hat Gestalt angenommen in Dieter«. Das ist ja ekelhaft. Wenn ihre Liebe verblasst, wird Dieter dann zunehmend unsichtbar? Hoffentlich haben die Eltern genug Anstand, ihrem Kind diese Anzeige niemals zu zeigen! Ich würde im Falle des Falles eine Anzeige schalten, die da lautet: »Wir haben Jürgen erpoppt. 3010 Gramm und 51 cm.« Ansonsten ist in der Welt nichts passiert.

Ich bin stolz auf mich, weil mein mich Selbstablenken so gut funktioniert hat. Jetzt bricht der Abend an und ich kann nur an morgen denken. Es gibt zwei Möglichkeiten. Entweder ich betrinke mich, was die Gefahr in sich birgt, dass ich noch auf dumme Ideen komme, oder ich setze die Ablenkung fort und versuche dabei, nicht zu trinken. Um mir auf der einen Seite zu beweisen, dass ich kein Alkoholiker bin und, was dem morgigen Tag dienlich sein wird, damit ich das Happyend ohne Kater erleben werde. Ich lasse Antonia, den Fisch, entscheiden. Manche Entscheidung sollte man einfach nicht alleine treffen müssen. Mit einem Filzstift trenne ich auf der Aquariumswand drei Felder ab. Als Antonia sich mehr als sieben Sekunden im mittleren Feld aufhält, zählt es: Schwimmt sie zuerst nach links, geht mein nächster Gang zum Kühlschrank. Schwimmt sie nach rechts, lasse ich mir eine Ablenkung einfallen.

Sie schwimmt nach rechts, was meine Bierlust von einer Sekunde auf die andere um ein Vielfaches potenziert.

Was machen Menschen, die nicht trinken, um sich abzulenken? Das Fernsehprogramm und ich haben sich noch nicht wieder vertragen. In diesem Streit möchte ich nicht klein beigeben.

Ich höre tief in mich hinein, versuche meine Gefühle zu deuten, um ihnen nachkommen zu können. *Om* und *Chakra*, *fidibus* und *schubidu* vernehme ich aus meinem tiefsten Innern. Und ich vernehme ein deutlich hörbares Brummen. Das müsste mein Magen sein. Vielleicht habe ich Hunger? Doch da ist noch ein anderes Gefühl. Ein Wille, ein Drang, der sich in meinem Gehirn festsetzt. Spontan habe ich Lust bekommen, ein Bücherregal zu bauen. Na gut. Dann soll es das sein. Hauptsache, nicht an morgen denken.

In dieser Stadt ist alles möglich. Da kann man abends ohne Umschweife noch im Baumarkt Holz kaufen. Und eine Säge. Und Scharniere. Ich werde unbedingt Scharniere kaufen. Es wird eine Herausforderung, sie in ein Bücherregal einzubauen. Je nach Buchgröße und Buchanzahl kann man Regalböden dazuklappen. Phantastisch! Ich merke, die Architektin bricht endlich mal wieder in mir durch.

Eine Stunde später, hundert Euro ärmer, um viel Holz reicher und mit einem Kasten Bier auf der Schulter begebe ich mich ans Werk.

Weitere vier Stunden später besitze ich ein neues extravagantes Bücherregal mit Scharnierregalböden, habe drei Beschwerden der Nachbarn mit Biereinladungen abgemildert und bin stockbesoffen. Was ich nicht habe, ist Platz für ein neues Bücherregal. Um kurz vor Mitternacht schlage ich so lange mit dem Hammer auf ein Brett, das auf dem Boden liegt, bis der nächste Nachbar klingelt. Ich freu mich darüber, dass es meine dicke Nachbarin ist, die Alfons Schuhbeck liebt, und schenke ihr das Bücherregal. Jetzt kann sie glücklich schlafen gehen und morgen, oder wenn sie ganz wild drauf ist, sogar heute noch ihre neuen Schuhbeck-Bücher ins Regal ordnen. Ich habe das Gefühl, ein gutes Werk getan zu haben, insbesondere deswegen, weil ich mit meinem Agentur-Staatsgeld jemand anderen glücklich gemacht habe.

Und der Kasten Bier hat mich glücklich gemacht. Und der war sogar billiger als das ganze Holz. Plus die Scharniere. Ich bin doch ein guter Mensch! Mit diesem Gedanken und einer weiteren Flasche Bier gehe ich ins Bett. Es ist weit nach Mitternacht und angenommen, es könnte schon morgen sein, bevor ich geschlafen habe, wäre schon Samstag.

Trotz der Biere kann ich nicht schlafen. Aus unerfindlichen Gründen rege ich mich innerlich darüber auf, dass die WestLB mehr als eine Stradivari besitzt. Woher ich das weiß, überlege ich und komme darauf, dass ich das wohl in der Zeitung gelesen haben muss. Ein Gedanke kommt zum anderen und jetzt finde ich es völlig unmöglich, dass ein Unternehmen, das gefühlt ganze Städte besitzt und regiert, Sparkasse heißt. Sparkasse! Da sieht man sofort ein kleines rosa Schweinchen, aus speziellem Porzellan durch Kinderhand geformt, vor sich. Man denkt an Pfennige, Cent-Stücke, Weltspartag. Ich überlege eine Weile, aber mir fällt ums Verrecken keine positive Verbindung zum Wort »Kasse« ein. Eigentlich schaudert es mich, weil ich an den Kassensturz neulich im Supermarkt denken muss. Der Supermarkt schließt immerhin meine Gedankenkette, weil Supermarkt in direktem Zusammenhang mit Bier steht. Das gibt es da. Befriedigt genehmige ich mir noch einen Schluck aus der Flasche, denke an Antonia und schlafe endlich ein.

Samstag. *Der* Samstag. Gut, dass ich gestern doch noch Bier getrunken habe, so schlafe ich bis in den Mittag hinein. Mein

Aussehen dagegen entspricht nicht meiner Vorstellung. Das wird ein paar Stunden dauern, bis es annähernd in Ordnung sein wird! Ich beginne mit einer gefüllten Badewanne und merke, dass ich tatsächlich recht nervös bin. Auch wenn ich mir noch und nochmals den Ablauf vorstelle, wie ich in der Buchhandlung Lisa und Tom begrüßen und mich in die erste Reihe setzen sehe, fehlt mir jede Ahnung, wie Antonia reagieren wird. Ich überlege, wie ich reagieren würde, schaffe es aber nicht so recht, mich in sie hineinzudenken. Das ist ja mein grundsätzliches Problem; dass ich nicht verstehe, was dieser Mensch denkt und tut, obwohl er mir näher war, als irgendwer sonst.

Um 19 Uhr läuten erst die Glocken, dann klingelt es. Carmen ist punktpünktlich. Sie kommt mir freudestrahlend auf der Treppe entgegen. Und sie sieht gut aus. Sehr gut. Das hellblaue Top hat die gleiche Farbe wie ihre Augen und das schwarze Samtjackett passt perfekt zu den dunklen Haaren. Nett. Gut, dass ich sie nicht nackt gesehen habe. Dann fiele es mir sehr schwer, jetzt die Contenance zu bewahren. Ich begrüße Carmen freundlich und sie macht mir Komplimente. Ob ich die ernst nehmen kann, bezweifle ich, denn schließlich ist sie Begleitprofi und wird für Komplimente bezahlt. Hätte ich einen Begleitservice, würde ich aus purer Freude auch die Rechnungen dementsprechend schreiben:
Drei Komplimente à 0,75 EUR
Zwei Komplimente à 1,45 EUR
Fünfzehnmal bewunderndes Augenzwinkern à 1,20 EUR ...
Mal abwarten, wie Carmens Rechnung aussehen wird.
Auf der Fahrt lenkt Carmen mich sehr gut ab, indem wir erörtern, warum Männer immer an Sex denken. Meine Theorie ist, weil Männer überall diese schönen Frauen sehen. Ihre Theorie ist, dass ein Mann bei jedem Schritt merkt, was

er hat und was unmittelbar mit dem Thema Sex in Verbindung steht.

»Was könnte das nur sein?«, frage ich sie. Sie lächelt mich an.

Es dauert ewig, bis wir einen Parkplatz finden. Nachdem wir sechsmal um den Block gefahren sind, finden wir eine Lücke direkt vor der Buchhandlung. Im Schaufenster hängt das Plakat mit Antonias Gesicht und der Ankündigung der heutigen Lesung. Auf dem Bild sitzt sie hinter einem Schreibtisch und schaut von einem Buch auf. Sie trägt eine Lesebrille, die nur aus dem unteren Teil der Gläser besteht und ihr auf halber Nasenhöhe hängt. Sehr intellektuell sieht das aus. Ich habe es immer geliebt, wenn sie mich mit ihrem klug fragenden Blick ansah. Sosehr Antonia auch Kind sein kann, dieser Blick ist erwachsen und gibt einem ein gutes Gefühl. Ich will unbedingt, dass sie mich wieder so ansieht.

Carmen öffnet mir die Türe und bietet mir ihren Arm an. Ich bin tatsächlich ein wenig wackelig auf den Beinen.

»Hab's vergessen. Kostete das Küssen jetzt eigentlich extra? Das Küssen so zur Show, meine ich.«

Carmen schüttelt den Kopf.

»Kostet nicht extra. Ich vermute, ich bin heute hier, weil du mich als deine Freundin präsentieren willst und nicht, weil du deinen neuen Nacktputz- und Begleitservice vorzeigen willst.«

Ich lächle Carmen an und versuche durch das Schaufenster Lisa oder Antonia zu erkennen. Doch ich sehe sie nicht. Jetzt gilt es. Mein Herz schlägt wie wild. »... *my heart is beating like a jungle drum. Rackeduckededuckedung* ...« Bravo, jetzt habe ich auch noch einen Ohrwurm. Von einem Lied, das ich nicht mag. Ohrwürmer wird man nur los, indem man sie durch ein anderes Lied ersetzt. Am besten durch eines, das einem gefällt. Ich wähle meistens »*Sing Dudeldei* ...« – das Lied von Michel aus Lönneberga. Dudeldei ist immer leicht zu merken und da es aus einem Land kommt, das eine Stadt mit Namen Uppsala hat, besitzt es wesentlich mehr Existenzberechtigung als Rackeduckededuckedung. Der Schauspieler, der Michel damals spielte, lebt in Uppsala. Außerdem hieß Michel gar nicht Michel, sondern Emil. Weil zu der Zeit aber Emil und die Detektive Deutschland regierten, wurde Emil aus Lönneberga Michel genannt. Realität und Fiktion.

Und jetzt muss ich mich voll und ganz auf die Realität konzentrieren, obwohl ich mich fühle, als sei ich ein Avatar in einer graphisch animierten Buchhandlung, die vollgestopft ist mit Menschen. Die wollen alle Antonia sehen? Sind das alles eingekaufte Komparsen? So wie Carmen? Meine Phantasie wird also schon direkt zu Beginn der Veranstaltung zerschmettert. Denn in der ersten Reihe ist nicht ein Platz mehr frei. Carmen und ich setzen uns in die hinterste Ecke, in die die Buchhändlerin noch schnell ein paar Ersatzstühle stellt. Carmen bemerkt, wie nervös ich bin, und nimmt meine Hand. Das ist ein beruhigendes Gefühl. Ich sehe mich verzweifelt um. Lisa und Tom kann ich nirgendwo entdecken. Vielleicht sind sie gar nicht da? Lisa hatte ja nicht geschrieben, dass sie es wären. Vielleicht hätte ich ihr doch eine richtige Mail schreiben sollen. Eine Mail, in der ich mich bei ihr entschuldige und gleichzeitig ankündige, dass ich zur Lesung gehen werde und mich wirklich freuen würde, sie da zu sehen. Jetzt ist sie nicht da und ich komme mir vor wie ein Idiot.

»Wen willst du eigentlich eifersüchtig machen?«, flüstert mir Carmen ins Ohr. Ich brauche lediglich mit dem Finger zur Bühne zu zeigen, denn in diesem Moment betritt sie Antonia und lächelt ins Publikum. Sie wirkt nicht nervös, sondern geht souverän zum Tisch, setzt sich, rückt ihre Brille zurecht und öffnet das Buch.

Zuerst begrüßt sie das Publikum und freut sich, dass alle

da sind, die da sind. Ich gehe davon aus, dass sie mich noch nicht gesehen hat, sonst würde sie so was ja wohl nicht sagen. Antonia erzählt irgendetwas von einer Geschichte, die sie jetzt lesen wird, und ich verstehe nicht ein Wort von dem, was sie sagt. Irgendjemand muss den Schalter auf Kisuaheli umgestellt haben. Wo ist eigentlich Carmen? Der Sitz neben mir ist leer. Ich schaue mich hektisch um. Kurz bevor ich hyperventiliere, kommt Carmen zurück und hält zwei Bier in der Hand. Sie reicht mir eins und wir stoßen an. Dankbar nicke ich ihr zu. Das kann sie gern als Position auf ihre Rechnung schreiben. »Retten vor dem sicheren Tod – 9,99 EUR und eine Flasche Bier – 2,50 EUR. Leider habe ich jetzt verpasst, wie Antonias feine Geschichte heißt, doch pünktlich zum Beginn kühlt mich kaltes Bier von innen ab und ich verstehe wieder Deutsch.

Antonia liest. Ihre Stimme erfüllt den Raum:

»Es war jedes Jahr dasselbe. Derselbe schnöde Ablauf. Lena löste ihren Blick von den Menschenmassen, die sich unten auf der Straße durch die Läden quälten, und ging hinüber zum Bad. Sie zog sich aus und stellte sich unter die heiße Dusche. Gerne hätte sie diesen letzten Moment der Ruhe genossen, doch sie zog es vor, den alljährlichen Ablauf in Gedanken noch einmal durchzugehen. Auch wenn es immer dasselbe Prozedere war, das Jahr, das dazwischen lag, hatte viele Ereignisse gebracht, wodurch es jetzt nötig wurde, sich den Zeitplan in Erinnerung zu rufen.

Gleich würde sie aus der Dusche steigen, sich anziehen, etc. – das dauerte nicht länger als bis zwölf. Dann den Kuchen, den sie gestern vorbereitet hatte, in den Ofen schieben und während dieser backte, die Geschenke einpacken. Um 13 Uhr würde der Kuchen fertig sein. Sie räumte sich – wie jedes Jahr – eine zusätzliche Viertelstunde ein, um sich umzuziehen und zu schminken. Noch nie hatte sie einen

Kuchen gebacken, ohne sich dabei ordentlich eingesaut zu haben. Dann würde sie aber auch schnellstens losfahren müssen, um ihre Schwester abzuholen. Kuchen nicht vergessen! – Am 24. waren die Straßen immer gerappelt voll. Alle fuhren zum Einkaufen oder wieder nach Hause, um den Baum zu schmücken oder was auch immer. Diesmal wollte sie ernsthaft versuchen, nicht schon in den ersten zehn Minuten auszurasten. Aber sie wusste genau, wie die erste Frage ihrer Schwester lauten würde: Und, Schwesterherz, was machen die Männer? Zwischen Kürbiskernsuppe und Truthahn würde dann ihre Mutter fragen: Und, Kind, was macht die Liebe? Die Tante würde sich einschalten und etwas sagen wie: Ach, so ein hübsches Kind und immer noch nicht vergeben! Dann spätestens liefe das Fass über.

Während das Badewasser gluckernd im Abfluss verschwand, bemühte Lena sich um eine Antwort. Klar, es hatte mehrere Männer gegeben, aber Liebe? Nein, Liebe war das nicht. Der Kopf war es gewesen, der ihr gesagt hatte, es sei Zeit, sich zu binden und die Männer waren ja auch ganz nett und bemüht gewesen. Aber dann war es doch immer gescheitert. Keine Schmetterlinge im Bauch, kein sehnsüchtiger Schmerz, wenn die Partner mal nicht da waren, keine Reue nach Beendigung der Beziehung.

Als Lena sich ihre Bluse zuknöpfte, kam sie zu dem Schluss, dass sie beziehungsunfähig war. Warum alle Freiheiten aufgeben, wenn der Preis dafür nicht wenigstens Liebe hieß? Es war schon Viertel nach zwölf, als Lena sich die Geschenke vornahm, um sie einzupacken und jedes mit einem Zettel zu versehen, den sie nach ihrer Namensliste vorbereitet hatte. Oma, Opa, Tante, Onkel, Schwester, noch 'ne Tante, Mutter und ... als alle Geschenke eingepackt waren, hielt Lena noch einen Zettel in der Hand. Erschrocken las sie laut: Dad. Sie hatte allen Ernstes das Geschenk für ihren Vater vergessen! Und es war schon Viertel vor eins!

Lena rannte in die Küche, stellte den Ofen aus, hetzte zum Flur, warf sich einen Mantel über und stürmte zur Tür hinaus.

Auf der Straße befand sich das Gedrängel auf seinem Höhepunkt. Lena stolperte über einen Hund, rempelte einen alten Mann an und beschimpfte eine Dame im Pelz, die sich erdreistete, ihren Regenschirm genau in Lenas Gesicht zu öffnen. Kurz nachdem sie ein Pärchen getrennt hatte, das glühweinselig ineinander verschlungen den Weg versperrte, blieb Lena vor einem Café stehen, um Luft zu holen, und sah durchs Fenster. An einem Tisch saß eine Person, die in aller Seelenruhe einen Kaffee trank. Um sie herum wirbelten die Kellnerinnen aneinander vorbei, an der Bar tummelten sich Leute, die auf einen Tisch warteten, Menschen standen auf und wurden durch neue ersetzt, die schnell ein Getränk herunterstürzten, um schon wieder aufzustehen und weiterzurennen. Und mittendrin saß diese Person. Völlig unbeeindruckt von der Unruhe um sie herum. Lena betrat das Café und trat entgegen ihrer Schüchternheit zu dem Tisch, an dem sie ganz einfach Platz nahm. – Ich heiße Lena.

Ich heiße Sam, sagte die Person, deren charmantes Lächeln sie im Aufblicken sofort in ihren Bann zog.

Hallo, sagte Lena und auf einmal schien es ihr, als ob der Lärm um sie herum verstummt sei. Sam nahm ihre Hand, stand auf und sagte: Lass uns gehen!

In aller Gemütlichkeit schlenderten die beiden zum Rheinufer. Sie erzählten sich Geschichten aus ihrem Leben, als ob sie sich schon lange kennen würden. Vergessen waren das Geschenk für den Vater und die lästige Familienfeier. Sam führte Lena zu einer Kirche. Sie traten ein und setzten sich in eine Bank, wo sie schweigend die Ruhe genossen. Als sie eine Weile so gesessen hatten, lehnte sich Sam an Lenas Schulter und flüsterte ihr ins Ohr: Liebe findet sich nicht an Orten, Liebe findet sich in Momenten.

Als Lena glücklich lächelnd ihren Kopf wendete, empfing sie einen leidenschaftlichen, sanften Kuss, der ihr einen Kälteschauer über den Rücken jagte.

Dies ist ein richtiger Moment.

Lena stand auf und zog Sam mit sich, als sie durch die Kirche dem Ausgang entgegentanzte.

In ihrer Wohnung angekommen, ging Lena ins Bad, um die Badewanne volllaufen zu lassen. Sam folgte ihr und zog ihr im Gehen den Mantel aus. Dann drehte Sam sie zu sich um und knöpfte ihre Bluse auf, öffnete ihren BH, der nach einem schwungvollen Wurf am Hals der Schwanenlampe aus Porzellan baumelte. Der Schwan, das Weihnachtsgeschenk der Großtante vom letzten Jahr. Lena hoffte täglich, dass sie die Lampe aus Versehen umstoßen würde. Als BH-Halter hatte sie das Tier noch gar nicht betrachtet. Es gefiel ihr, doch Sam ließ ihr keine Zeit. Sam entkleidete Lena gänzlich, entblößte sich selbst und dann folgte Sam ihr behutsam in die Wanne. Sie genossen die Wärme, doch hätten sie nicht einmal bemerkt, wenn das Wasser Minusgrade gehabt hätte, denn ihre gegenseitigen Berührungen waren wie Feuer. Pfade der Glückseligkeit führten über ihre Körper, jeder einzelne musste neu gefunden und neu erfunden werden. Zum ersten Mal im Leben hegte Lena keinen Gedanken der Hetze hin zum Höhepunkt. Es gab kein Ziel. Sie ließ sich fallen. Der Genuss war endlos, die Verwöhnung gnadenlos schön. Wohlwollende Schauer, die ihre gestresste Seele durchfuhren, löschten die Zeit aus. In der Erinnerung blieben Momente immerwährenden Glücks.

Sam blieb drei Wochen, was Lena nicht nur dazu veranlasste, alle Familienfeiern abzusagen, sondern auch, sich krank zu melden. ›Liebe lernen‹ war ihre offizielle Begründung. Jeder akzeptierte das, ohne nachzufragen, was es bedeutete.

Nachdem Sam gegangen war, kaufte Lena Weihnachtsgeschenke für das nächste Fest. Ohne Stress und Listen fand sie für jeden etwas. Sie kaufte auch gleich alle Geburtstagsgeschenke für das kommende Jahr und schrieb auch schon die Glückwunschkarten dazu.

Im Juli lernte Lena Johannes kennen. Er liebte sie abgöttisch und Lena konnte das erwidern. Ab Dezember nahm Lena Johannes mit zu jeder Familien- und Weihnachtsfeier und wenn es ihnen zuviel wurde, verließen sie die Feierlichkeiten einfach wieder.

Irgendwann verließ Johannes Lena, der Abschied war schmerzhaft und zerriss ihr das Herz.

In genau jenem Jahr, am 24. Dezember, schrieb Lena Sam eine Karte, auf der stand:

›In einem Moment bist du ein Teil von mir geworden und ich werde dir in jedem weiteren Moment auf ewig in Gedanken und in Erinnerung zugeneigt sein, denn du hast mich gelehrt, was Liebe bedeutet. Ich bin glücklich. Danke – leb wohl, mein Engel! Deine Lena‹«

Antonia blickt auf. Das Publikum applaudiert. Verräterin. Ich wische mir die Tränen aus den Augen. Carmen hält meine Hand ganz fest. Die Geschichte kannte ich noch nicht und jedes Wort ist eine weitere Demütigung. Nicht meine Vorstellung zählt hier, sondern Antonia hat ihre Vorstellung zum Besten gegeben. Und das in aller Öffentlichkeit. »Mein Engel«! Das hätte sie wohl gerne. Wie selbstverliebt.

Das beklemmende Gefühl in meiner Brust ist kaum noch auszuhalten. Ich gebe Carmen einen Wink, dass ich sofort raus muss. Wir drängen uns an den Zuschauern hinter den Stuhlreihen vorbei, kurz bevor wir aus der Buchhandlung stürmen, blicke ich noch einmal zu Antonia hinüber. Sie sieht mich nicht.

»Danke schön. Ja. Das war *Liebe lernen* und als nächstes lese ich eine Geschichte, die meinem Faible für Fabeln …«

Draußen auf dem Bürgersteig ziehe ich die kühle Luft tief in meine Lungen. Carmen sieht mich mitleidig an, da stürze ich mich weinend in ihre Arme. Sie streichelt mir über den Kopf und wartet geduldig, bis genug Tränen in ihr Samtjackett geflossen sind. – Reinigung Jackett: 6,60 EUR. Dann macht Carmen einen guten Vorschlag und wir nehmen den kürzesten Weg in die nächste Kneipe. Nach drei Bier habe ich meine Sprachlosigkeit abgelegt und erzähle von Antonia und mir. Carmen hat Verständnis. Dafür wird sie heute ja auch schließlich bezahlt. Sie fragt mich schon, warum ich mich dieser Demütigung ausgesetzt habe, und ich erkläre ihr, dass ich mir nicht vorstellen konnte, dass es so ausgeht. Carmen versteht auch das. Sie sitzt auf dem Barhocker, verständnisvoll lächelnd, und hat jetzt nicht nur meine Hand ergriffen, sondern streichelt mir zärtlich über den Arm. Wir haben mittlerweile schon das ein oder andere Bier getrunken und der Herr Taximann wird uns nach Hause bringen müssen. Da der Abend nun wirklich schiefgelaufen ist, versuche ich, den Schaden zu sichten. Hätte mir Antonia ihre Liebe gestanden, wäre mir die Höhe von Carmens Begleitungshonorar so etwas von egal gewesen. Nun fällt mir aber auf, dass ich noch nicht einmal danach gefragt habe, ob sie für den Abend oder nach Stunden bezahlt wird.

»Kostet deine Berührung extra?« Ich lalle schon ein klein wenig. Und das, obwohl ich so gut trainiert habe in den letzten Wochen. Die Aufregung des Abends hat offenbar meine Alkoholverträglichkeit beeinflusst. Interessant. Es gibt nichts Wichtigeres, als seinen Körper genau zu kennen. In jeglicher Hinsicht.

»Was würdest du für einen Kuss bezahlen?«, fragt Carmen.

Ich zögere eine Weile, bevor ich antworte. »Nichts.«

»Das ist gut!«

»Warum?«

»Ich wollte dir sowieso einen schenken.«

Na, das ist ja mal eine Zwickmühle. Spontan fällt mir auch nichts ein, was ich darauf erwidern kann. Ich nicke nur.

Carmen lehnt sich zu mir herüber und küsst mich erst vorsichtig auf die Lippen, dann intensiver, bis wir dem anwesenden Barpublikum eine wahre Kussshow liefern. Die Frau küsst gut! Nach ein paar Minuten trennen sich unsere Lippen voneinander, damit wir wieder atmen und noch ein Bier ordern können.

»Danke«, sage ich. »Das war nett.«

»Nur nett?«

»Jetzt komm mir nicht so, Carmen. Mach das Geschenk nicht wieder kaputt!«

»Weißt du, Suza, ich habe eben darüber nachgedacht …«

»Du denkst beim Küssen?«

»Nein. In der Sekunde, wo du neues Bier bestellt hast.«

»Ja?«

»Zumindest denke ich, dass du gar nichts für meine Begleitung heute Abend bezahlen musst. Ich versuche dir damit ein wenig den Tag zu retten. Und ab jetzt sitzen wir eh ganz privat hier. Was meinst du?«

Hm. Das Geld ist mir nicht so wichtig. Was sich tatsächlich komisch anfühlt, ist, dass man nicht weiß, verhält sich Carmen so, weil sie Vollprofi und dafür gebucht ist oder weil sie es so will. Wie behandelt sie dann die anderen Menschen, die sie begleitet?

Ich stimme einfach zu und bedanke mich. Irgendwann anders werde ich sie fragen, wie weit sie geht und was sie alles so macht und nicht macht, wenn sie Frauen begleitet. Und wo sie sie überallhin begleitet.

Aber jetzt habe ich Lust auf mehr Bier und mehr Küssen.

Carmen freut sich.

Ich vermute, dass sie tatsächlich gut ist in ihrem Job, dass sie gut verdient. Nacktputzen und Begleitservice, das ist wohl ihre Berufung. Ich will sie fragen, ob das so ist, als sie mich auch schon wieder küsst.

Im Taxi liegt Carmens Hand auf meinem Bein und wandert langsam immer höher. Ich bin erregt. Ich bin betrunken. Mir gefällt das gut. Und dass der Taxifahrer immer wieder in den Rückspiegel sieht, stört mich nicht. Dass er uns ein Gespräch aufdrängen will, ignoriere ich. Während ich Carmens Arm streichle, flucht der Taxifahrer auf Taxis im Allgemeinen und vor allen Dingen auf das Taxi, was vor ihm herschleicht. Als die Straße zweispurig wird, braust er an dem anderen Wagen vorbei und grüßt freundlich die Uschi und beginnt über Funk ein Gespräch mit ihr, wobei das komische Element über die Ernsthaftigkeit triumphiert. Ich habe keine Ahnung, ob sie es ernst meinen oder grandiose Komödianten und Spielkinder sind.

»Uschi.«

»Horst.«

»Wie geht's?«

»Muss, ne, muss.«

»Ja. Ne.«

»Und selbst.«

»Ja. Geht.«

»Familie?«

»Schulden. Magengeschwür. Vatter gestorben.«

»Ja. Steckste nich drin.«

»Nee, steckste nicht drin. Muss weitergehen, ne.«

»Ja. Muss.«

»Bei dir?«

»Läuft.«

»Gut. Dann.«

»Ja. Bis dann.«

»Später bei Hubert?«

»Auf jeden.«

Wahnsinn. Und der Mann will uns ein Gespräch aufdrängen! Der kann sich köstlich allein unterhalten, ohne mehr als vierzehn Wörter dafür zu verwenden, denke ich noch, bevor mich Carmen küsst. Mann, küsst die gut.

Wir steigen bei mir aus und während wir die Treppen hochlaufen, umschlingt mich Carmen von hinten, sie öffnet meinen Hosenknopf und ihre Hand gleitet unter meinen Gürtel. Ich versuche mich auf meine Beine zu konzentrieren: rechts, links, rechts, links ... Als ich die Wohnungstür aufschließe, kann ich es kaum erwarten, zu erfahren, was für ein Körper mir beim Nacktputzen entgangen ist. Die Wohnungstür fällt ins Schloss und wir übereinander her. Es ist schon mitten in der Nacht und viel Schlaf bekommen wir nicht.

In der Stunde, die ich schlafe, habe ich einen merkwürdigen Traum. In einem Haus, das aus vielen Stockwerken und verwinkelten Treppen und Turmzimmern besteht, findet in einem großen Raum eine Drogenparty statt. Antonia ist auch da. Das riesige Haus liegt in einer unheimlichen Umgebung, draußen ruft eine Eule. Bei der Party sind noch andere Menschen. Stephan und Miriam und ein Arbeitskollege aus dem Architekturbüro, in dem ich vor Jahren gearbeitet habe. Koks und Hasch werden konsumiert und alle reden über oder haben Sex. Plötzlich schlägt die Stimmung um. Ein Wachposten, mit Schussweste und Maschinengewehr sowie dunkler Sonnenbrille, meldet die Ankunft der Feinde. Die Gesellschaft löst sich auf, ich fliehe mit Antonia durch die Stockwerke des Hauses, über das Dach, durch dunkle Räume. Überall, wo wir hinkommen, hört man die Eindringlinge in unmittelbarer Nähe. Auf einmal sind auch Antonia und ich bewaffnet und Antonia macht mir deutlich, dass wir uns wehren werden. Sie postiert sich und ich verliere sie, denn ich versuche weiter im Haus einen Unterschlupf zu finden. Ich höre Schüsse, will mich nur noch verstecken. Aber obwohl das Haus so groß und verwinkelt ist, gibt es kein Versteck für mich ...

Da wache ich in Panik auf und sehe Carmen, die mich fest umschlungen in ihren Armen hält. Carmen wacht mit meinem Schrecken auf. Wir sehen uns an. Sie fragt, ob alles in Ordnung sei. Ich nicke, stehe auf und verschwinde im Bad, wo ich lange und ausgiebig dusche. Als ich zurück ins Wohnzimmer komme, ist Carmen nicht mehr da. Ich sehe im Schlafzimmer nach und in der Küche, im Süd- und Nordflügel, wie ich es in unangemessener Bescheidenheit nenne. Carmen ist gegangen. Diese Frau ist der Wahnsinn! Ich hätte mir nicht vorstellen können, jetzt mit ihr Kaffee zu trinken und zu frühstücken. Und das wusste sie. Sie hat einen Zettel hinterlassen, auf dem steht nur: »Danke. Bei dir müssten beizeiten mal die Fenster geputzt werden. Bis bald! Carmen«

Ich lächle und stelle im nächsten Moment fest, dass es einfach nur betrunkener, bedeutungsloser, guter Sex war.

Sosehr mich Carmen auch beeindruckt hat, ich kann keine Gefühle für sie entwickeln. Wie auch? Wie auch jetzt? Das ist traurig. Aber ich kann gerade nicht mehr als Sympathie für andere Frauen aufbringen. Nur mal angenommen, ich komme über Antonia je hinweg, wie soll ich noch einmal so lieben? Nur mal angenommen, Antonia will mich nicht mehr, dann werde ich eine Liebe suchen, die ich besser nicht mit der zu Antonia vergleiche. Und Carmen passt jetzt gar nicht, auch wenn alles andere zwischen uns gepasst hat. Ich fühle mich ein bisschen verkatert und relativ beglückt über den Sex, den ich hatte, aber vor allen Dingen bin ich hundemüde.

Als ich mich gerade wieder hinlegen will, klingelt es. Die Gegensprechanlage sagt mir, dass unten »ich« stehe. Und ich dachte, ich stünde hier oben! Anscheinend stehe ich nicht nur neben mir, sondern sogar vor meiner eigenen Tür. Dieses »Hier bin ich« ist genauso ein Unding, wie sich am Telefon mit »Hallo« zu melden. Das kann zu bösen Verwechslungen führen. An der Stimme erkenne ich aber, dass »ich« Lisa ist. Ich drücke den Türöffner, die Haustüre schnappt auf.

Lisa kommt mir entgegen und sieht mich mitleidig an.

»Oje. Harte Nacht gehabt? Hast alle Haare verloren.«

»Naja, ja. Hart.« Ich grinse verlegen.

»Wie geht es dir? Können wir reden?«

Ich nicke und bitte Lisa in die Küche. Während ich Kaffee koche, legt sie los.

»Hör mal, Suza. Du hast das nicht verdient, dass ich hier vorbeikomme und mit dir reden will. Du solltest zu mir kommen, oder? Ich hab dich wirklich lieb und will dich nicht verlieren. Verstehst du!«

Ja das verstehe ich und mir geht es ja genauso. Doch ich antworte etwas anderes.

»Siehst du. Das ist genau das, was ich von Antonia will.«

»Dann geh zu ihr.«

»Das geht nicht. Sie würde mich ignorieren. Ich war gestern auf der Lesung.«

Lisa sieht mich mit großen Augen an. »Warum?«

»Damit sie mich sieht. Damit sie über mich nachdenken muss. Sie hat mich aber nicht gesehen. Ich bin rechtzeitig geflohen.«

»Weißt du, was ich glaube, Suza?«

»Was glaubst du, Lisa?«

»Ich glaube, Suza ...«

Und wir spielen wieder das »Nenne den Namen der anderen in jedem Satz, damit es sich hochtrabend anhört, was du sagst-Spiel«.

»... dass sie dich nicht sehen kann, weil sie dich zu sehr liebt. Sie hat sich aber für die Vernunft entschieden. Du bist für sie wie die Flasche Bier für den Alkoholiker.«

»Hm. Das hört sich annehmbar an. Trotzdem will ich das nicht akzeptieren. Sie muss doch verarbeiten, was passiert ist. Und dann kann sie mit mir umgehen. Wir könnten uns sehen und würden uns nicht verlieren. Ich will sie nicht verlieren! Und verarbeiten und daran arbeiten kann sie doch nur, wenn wir uns sehen. Ich kann auch nicht Fahrradfahren lernen, wenn ich mir nur Bilder von Fahrradfahrenden ansehe.«

»Wieso lenkst du dich nicht ab? Was ist mit Arbeit?« Lisa beginnt mich zu nerven.

»Oh. Ich habe mich sehr gut abgelenkt in den letzten Wochen.«

»Hast du 'nen neuen Job?«

»Nein.«

»Warum nicht?«

»Lisa, das ist nicht die Frage. Die Frage ist: Warum sollte ich?!«

Lisa umfasst ihre heiße Tasse Tee und wärmt beide Hände daran. Ich setze mich auf den Stuhl gegenüber, stelle meinen Tee auf den Tisch und stelle eine leichte Verspannung im Schulterbereich fest. Das ist gut. Das gibt mir eine Legitimation für die Badewanne, in die ich gleich mal wieder springen werde.

»Und was ist mit uns? Wirst du nun Patentante?«

»Ja, klar, werde ich Patentante. Ich … bitte versteh mich nicht falsch …, ich bin nur im Moment noch nicht an dem Punkt. Ich habe Angst, dich zu verlieren, wenn das Thema nur noch Kind ist. Wer säuft dann mit mir bis in die Morgenstunden? Kinder sind gerade noch eine Art Feindbild für mich. Ich habe nie darüber nachgedacht und jetzt muss ich es tun. Jetzt muss ich rausfinden, ob ich Kinder will, nur weil ich Angst habe, meine Freunde zu verlieren, weil die Themen sich verschieben. Oder ob ich wirklich Kinder von Herzen selber will. Wenn ich das weiß, dann kann ich dein Kind entweder angucken und sagen: Okay. Du Pimpf treibst einen Keil zwischen meine beste Freundin und mich, aber wir kriegen das schon hin, weil du so süß bist und ich deine Windeln nicht wechseln muss. Oder ich kann sagen: Du süßer kleiner Fratz, du wirst später mal mein Kind heiraten. Freu dich schon mal. Und so lange passe ich gut auf dich auf und bin die gute Tante Suza, die dir immer lecker Süßes mitbringt.«

Lisa lächelt. »Ich glaube, ich verstehe das. Aber ich bin mir sicher, dass wir nicht die typischen Spießereltern werden.«

»Ihr habt eine Leben & Wohnen-Zeitung im Abo!«

»Ja, und damit wir endlich das richtige unter unseren fünfundsiebzig Kräutergläschen aus dem Schrank ziehen, hat Tom sie gestern alle gelabelt und beschriftet.«

»Das ist oberspießig.«

»Das wäre es, wenn er dabei nicht 'nen Joint geraucht hätte. Und als er fertig war, hatte er außerdem einen Alkoholgehalt im Blut, so hoch wie sein Abi-Durchschnitt.«

Ich muss lachen.

»Siehst du«, sagt Lisa, »es wird sich erst einmal nichts ändern.«

»Gib mir Zeit. Bitte. Ich habe das Gefühl, dass ich auf dem Weg bin. Irgendwie.«

Lisa greift meine Hand. »Hör mal, vielleicht solltest du wirklich einmal darüber nachdenken, Antonia loszulassen. Das Schicksal hat euch nicht rechtzeitig zusammengeführt. Das ist halt so. Hak sie ab. Sei bereit für wen Neues!«

Das war nicht das, was ich hören wollte. Und ich höre das leise »Kling« aus meinem Herzen, wo eine Scherbe noch weiter zersprungen ist.

Sie versteht mich nicht. Meine beste Freundin versteht mich nicht mehr. Jede andere als Antonia wäre nur ein schlechter Ersatz und das wäre nicht gerecht. Eine Lebensliebe kann man nun mal nicht eben so abhaken. Und solange ich nicht verstehe, warum ich loslassen soll, kann ich es auch nicht.

Lisa ist noch nicht fertig: «Und weißt du was, selbst wenn du denkst, dass du eine solche Liebe nicht mehr findest – dann trag sie als ein kleines Stück Trauer in deinem Herzen. Nimm sie überall hin mit, aber geh weiter.«

»Ja. Ja«, antworte ich genervt. »Das geht nur nicht von heute auf morgen. Du weißt schon, die vier Phasen der Trauer. Wut und Verhandeln und Depression und Völlerei oder so ähnlich.«

»Oder so ähnlich«, antwortet Lisa lächelnd. Dann steht sie auf und umarmt mich ganz fest. »Wenn du was brauchst, dann sagst du Bescheid, okay?« Ich nicke und bringe sie zur Tür. Als die Tür zufällt, macht sich die Müdigkeit in jedem meiner Knochen bemerkbar. Sie liegt über meinem Körper und meinem Gemüt wie ein dunkler schwerer Mantel. Ich lege mich ins Bett und schlafe umgehend ein.

Als ich Stunden später aufwache, erinnere ich mich daran, dass ich noch Briefe und Postkarten von Antonia besitze. Neben den ersten mit den Gollum ähnlichen Wesen müssten sich in den Jahren noch mehr angesammelt haben. Wir haben unsere Probleme oft auf dem Postweg zu lösen versucht. Manchmal hat es schon geholfen, der anderen zu schreiben, wenn man an sie gedacht hat. In einer Zeit der Schnelllebigkeit und unverbindlichen Kommunikation hat das geschriebene Wort einen Status der Verbindlichkeit und des Luxus erlangt.

Wo habe ich diese Post nur hingetan? Wahrscheinlich nicht in der Ablage. Eher versteckt. Nur wo? Im Schlafzimmer beginne ich, alle Kisten aus den Regalen zu holen und zu durchwühlen. In der hintersten Box ist eine andere Box und dort finde ich tatsächlich gut geordnet alle Briefe und Karten von Antonia. Es fühlt sich sehr komisch an, diese Beweise unserer Liebe in Händen zu halten. Als erstes fällt mir eine blaue Karte entgegen, auf der ein Engel abgebildet ist, neben dem zu lesen steht:

Zuerst, mein süßes Kind
muss ich dir sagen,
Dass ich mit Liebe dir,

unsäglich, ewig,
Durch alle meine Sinne zugetan.

Heinrich von Kleist. Auf der anderen Seite schreibt Antonia, dass das die Worte für ihre eigentlich unbeschreiblichen Gefühle sind. Ein kalter Schauer läuft mir über den Rücken und für einen Moment sehe ich Antonia vor mir, wie sie mir zärtlich über den Nacken streicht. Diese Karte soll ich nicht so schnell vergessen, schreibt sie. Ich würde sie gerne niemals vergessen wollen, auch wenn ich sicher bin, dass Antonia mir so etwas wohl jetzt nicht mehr schriebe.

Als Antonia und ich uns so ineinander verwoben hatten, dass wir uns Halt und stete Herausforderung und Abwechslung zugleich waren in einer wirren und wütenden Welt, beschlossen wir für ein Wochenende auszubrechen. Antonia hatte darauf bestanden, mir nicht zu sagen, wohin es ging. Sie würde mich einfach abholen. Ich versuchte vergeblich, Informationen zu bekomme, um wenigstens zu wissen, was ich einpacken sollte. Als Antonia am Freitagabend an der Tür stand und mich mit ihrem breiten Grinsen anlächelte, wurden meine Knie weich. Wir waren zu der Zeit schon über zwei Jahre ineinander verliebt, aber sie zu sehen machte mich jedes Mal aufs Neue wieder nervös. Als ich ihre Hand ergriff, bemerkte ich, dass es ihr nicht anders ging. Ihre Finger zitterten, da zog ich Antonia schnell an mich und hielt sie, und mich an ihr, fest. Lange standen wir so und genossen diese Nähe. Kaum fassbar, dass wir für ein Wochenende alles ausblenden und nur wir zwei sein konnten! Antonia und Suza. Kein Umfeld, das nur einer von uns gehörte, kein Mensch, der in unsere Welt eindringen konnte. Wenn ich mich heute zurückerinnere, denke ich, dass das die schönsten zwei Tage meines Lebens waren.

Antonia hatte uns ein Hotelzimmer in einem Schloss in der Nähe von Heidelberg gebucht. Niemand, den wir kannten, konnte uns begegnen, niemand stellte Fragen und wir stellten unser Zusammensein nicht einmal vor uns selbst in Frage. Als ich am ersten Morgen in einem großen gemütlichen Bett aufwachte, weil mich die Sonnenstrahlen ins Gesicht schienen, stand ich auf und guckte einfach nur eine Weile aus dem Fenster. Ich sah Weinberge. Vogelschwärme flogen durch die Morgensonne. In diesem Moment war ich sehr sicher, dass es Vögeln Spaß macht zu fliegen. Wenn ich an die Mauersegler über meinem Balkon dachte, die manchmal nur Zentimeter über meinen Kopf hinwegsausten, war ich mir auch sicher, dass sie ein wenig damit angaben und sich freuten, weil ich nicht fliegen konnte.

Die Welt da draußen schien so friedlich, so gut. Als ob es kein Unheil in ihr gäbe. Ich kroch zurück ins Bett und betrachtete die schlafende Antonia. Als sie ihre Augen öffnete, schaute sie mich an und lächelte. Ihre ersten Worte an diesem Morgen waren: »Es ist schön, von dir geliebt zu werden!« Das war der einzige Moment, in dem ich sie gerne gefragt hätte, ob sie für immer mit mir zusammen sein wollte. So ganz. Nur sie und ich.

Ich habe sie nicht gefragt. Ich denke, weil ich die Antwort kannte. In dramaturgischem Einklang mit unserer Lage entschloss ich mich lieber, sie zu küssen. »Ich liebe dich sehr gerne!« Mit ihren starken Händen umfasste sie meine Hüfte und zog mich zu sich.

Und Antonia war es, die von Ewigkeit gesprochen hatte. Von Liebe und Ewigkeit. Irgendwann an jenem Wochenende standen wir eng umschlungen auf der Terrasse des Hotels, sahen uns das weite Land an und die Sonne, die groß und rot im Begriff war unterzugehen. Paradoxerweise hatte ich das Gefühl, es würde trotz schwindender Sonne immer wärmer. Oder zumindest immer wärmer ums Herz.

»Hör mal, Suza, du wirst immer in meinem Herzen sein.«
Liebevoll lächelnd fügte sie hinzu: »Wir sind auf ewig verbunden.«

Ich antwortete ehrlich: »Ich glaube nicht an die Ewigkeit.
Man weiß nie, was passiert. Aber hier und jetzt liebe ich dich
mehr als alles andere auf der Welt. Du füllst mich aus. Ich
will nie wieder jemand anderen lieben – außer dir.«

Ich hatte recht, nicht an die Ewigkeit geglaubt zu haben:
Ewigkeit ausgelöscht. Dass ich recht habe, ist mir in diesem
Fall aber nicht Trost genug. Was würde ich darum geben,
unrecht zu haben! Ich habe schon erlebt, dass Freundschaf-
ten auseinandergehen, weil man sich so auseinanderlebt, dass
man nicht mehr daran glaubt, ein Leben lang verbunden zu
sein. Und wenn der Abschied nicht erzwungen und gequält
ist, sondern wirklich das Ergebnis des Auseinanderlebens,
dann tut es noch nicht einmal weh. »Alles ist für irgendetwas
gut.« Das würde Antonia sagen, heute aber würde ich ihr
diesen Satz am liebsten um die Ohren hauen. Vermutlich
würde sie es nicht einmal merken. Wenn sie mich ignoriert,
wird sie den Satz um ihre Ohren auch ignorieren.

Recht haben. Als ob das hier eine Rolle spielen würde.
Antonia hat höchstwahrscheinlich das Recht, mir zu sagen,
ich solle sie für immer in Ruhe lassen. Sie hat das Recht,
jeden Annäherungsversuch im Keim zu ersticken. Sie hat
sogar das Recht, mich zu ignorieren.

Aber welches Recht habe ich dann? Dann habe ich das
Recht, um unsere Freundschaft zu kämpfen. Mit dem Beweis
ihrer Liebe in der Hand in Form von unzähligen Karten und
Briefen, habe ich sogar das Recht, um sie zu kämpfen! So!
Jetzt will ich sie wirklich ganz. Wir sollten zusammen sein.
Im Krieg und in der Liebe ist alles erlaubt. Krieg und Liebe.
Wie weit das auseinander liegt. Zumindest auseinander

liegen sollte. Ob ich meinem geschundenen Herzen tatsächlich den Krieg erlaube? Was hab ich davon, wenn ich im Knast sitze und Antonia mich einmal im Monat besuchen darf? Das wäre ja doof. Aus praktischen Gründen würde ich dann eher was mit meiner Zellennachbarin anfangen. Nur um zusammen sein zu können. In diesem Fall sogar zusammen sein können zu »müssen«. Aus der Not eine Tugend machen.

Ich suche weiter in der Kiste und finde einen langen Brief. Oje. Der ist nur ganz indirekt eine Liebeserklärung. Gespannt überfliegen meine Augen das Geschriebene:

»Ich denke an dich und meine Wut ist grenzenlos. Du denkst vermutlich nicht an mich und das macht mich umso wütender. Wie kannst du mich so ignorieren?! Rede mit mir, damit wir Dinge regeln können. Wenn du dich einfach so allem entziehst, demütigt mich das!«

Wo diese Sätze herkommen, gibt es noch eine ganze Menge davon. Mit vielen Ausrufezeichen und wenig Punkten.

Der Brief entstammt einer Zeit, als Antonia und ich noch nicht lange zusammen waren. Nach ein paar Monaten Liebe – erst hatte ich mich zurückgezogen, dann sie – kam es zum ersten Zerwürfnis, welches in diesem Brief endete. Ich schließe die Augen und versuche mich in diese Zeit zurückzuversetzen. Bin mir gar nicht mehr sicher, was wirklich passiert ist. Damals.

Ich erinnere mich dunkel, dass ich Antonia irgendwann den Kontakt verweigert hatte. Antonia und ich, ihre Familie, die Heimlichkeiten, meine Kopfsteuerung und meine ungeheuer großen herzgesteuerten Gefühle. Das wurde mir irgendwann zuviel.

Ich glaube, wir hatten uns gestritten, weil sie eine Nacht bei mir verbracht und es nicht geschafft hatte, in unsere ganz eigene Zweisamkeit einzutauchen. Das geschah nicht oft, aber irgendwann geschah es öfter. Ihre Gedanken waren woanders, ich kam gar nicht an sie heran. Für mich war das eine Beleidigung, ich fühlte mich zutiefst gekränkt, denn es war für mich gleichbedeutend mit dem Gefühl, nicht geliebt zu werden. Ich war zwar in der Lage, umzuschalten, aber es fiel mir schwer, zu akzeptieren, dass sie mehr ausblenden musste, um bei mir zu sein. Ihre Familie. Und die Liebe zu ihrem Mann. So kam eins zum anderen und ich schrie sie an, dass sie dann gar nicht hätte kommen sollen. Wir hatten nicht viel Zeit gemeinsam und ich hatte begonnen, den Anspruch zu erheben, dass wenn wir uns sahen, alles rosarote Parallelwirklichkeit sein sollte. Im Nachhinein betrachtet, haben mich da meine Gefühle wohl übers Ziel hinausgeführt.

Sie versuchte mir zu erklären, dass das alles gar nicht so einfach wäre, aber ich schmiss sie erst raus und begann dann zu rennen. Mir wurde klar, dass dieses unverbindliche Zusammensein auch mit Schmerz zu tun haben könnte, vor allen Dingen, je intensiver unsere Verbindung wurde. Also wollte ich das vermeiden und ignorierte ihre Nachrichten.

Tja, und da sitze ich nun heute und rege mich darüber auf, dass sie jetzt das mit mir tut, was ich damals getan habe. Auf der anderen Seite war mir damals klar, dass die Frau und unsere Liebe mich wieder anziehen würden wie das Licht die Motten. Ich konnte gar nicht anders.

Heute hat alles eine Endgültigkeit. Antonia wird mein Betteln nicht erhören. Es ist vorbei. Als sei sie tot. Würde ich heute eine Motte sein, sähe ich das Licht, flöge darauf zu, um dann zu erkennen, dass da gar kein Licht ist. Ich flöge gegen die Wand und Motten tragen keinen Helm.

Kapitel 4: **Depressionen**

Es sind weitere Wochen vergangen. Die Tage sind finster. Es wird dunkel, bevor es überhaupt hell wird, und auch dann ist es nicht heller. Ich ziehe eine Sonnenbrille auf, wenn ich den Kühlschrank öffne. Ich bin fest davon überzeugt, dass es letztes Jahr um diese Zeit nicht so früh dunkel war.

Ansonsten habe ich mein Leben unter den Teppich verlegt. Und das meine ich so. Ich stehe auf, so gegen Mittag, lege mich auf den Boden und ziehe den Teppich über mich. Dort liege ich so lange, bis mir etwas anderes einfällt, das ich tun könnte.

Ich stelle mir vor, Antonia sei gestorben. In gewisser Art und Weise ist sie das auch. Für mich. Nein. Ich bin für sie gestorben. Mein Versuch, mich selbst zu betrügen und sie nicht zu kontaktieren, funktioniert nur, indem ich mir vorstelle, sie sei tot. Mit dieser Trauer bin ich allein. Man würde mich für verrückt halten, ginge ich raus und sagte, ich sei unglücklich, weil Antonia tot ist. Davon abgesehen, dass mich die meisten fragen würden: Wer ist Antonia?

So setzt es sich also fort. Liebe, Freude und Gefühl habe ich mit Antonia in der Heimlichkeit gelebt, warum sollte es mit der Trauer über den Verlust anders sein?

Ich wünschte, Antonia wäre tot. Dann käme ich mir nicht so dumm vor. Es wäre unwiderruflich. Und sie hätte mich nicht verlassen. Sie wäre tot, aber sie hätte mich nicht verlassen!

Und man stelle sich vor, sie würde wirklich sterben. Oder ich. Dann hätten wir es nicht geschafft, uns wie vernünftige Menschen zu verhalten und miteinander zu reden, statt den anderen nur komplett aus seinem Leben zu schmeißen. Feige nannte Antonia es damals in ihrem Brief voller Vorwürfe an mich. Ja. Stimmt. Ich war damals aber nicht lange feige. Ich bin eingebrochen und die Liebe hat den Stolz besiegt. Wie schafft sie es, das jetzt so durchzuziehen?

Unterm Teppich ist es langweilig. Ab und zu wische ich die Tränenpfütze mit dem Ärmel vom Boden. Dann weine ich nicht mehr. Ich schlafe ein wenig, um mit Nackenschmerzen aufzuwachen. In der festen Überzeugung, dass es über dem Teppich nicht einen Deut besser ist als darunter, bleibe ich liegen. Ich will nicht mehr rausgehen. Ich will keine Kassiererin im Supermarkt mehr sehen, keine Fremden, keine Lisa, keine Carmen. Sollte ich Hunger kriegen, werde ich mit meinen verbleibenden Lebensmitteln improvisieren. Dose Erbsen mit Möhren an Dose Tomatenmark und Ananas wird schon schmecken. Muss nur genug Pfeffer dran.

Warum hört man, wenn man schlecht drauf ist, auch nur herzzerreißende Musik? Würde man fröhliche Musik hören, wäre man doch direkt wieder bester Laune. Das kann nun mal ja nur daran liegen, dass man sich schlecht fühlen *will*. Es ist sehr modern geworden, sich Probleme anzuschaffen und an ihnen festzuhalten, mit ihnen Aufmerksamkeit zu erhaschen und Mitleid zu erlangen. »Oh, dein Problem ist aber wirklich viel schlimmer als meins. Du Armes!«

Menschen ohne Probleme sind langweilig. Außer sie sind extrem witzig. Aber die, die extrem witzig sind, benutzen ihre Witzigkeit eigentlich nur als Maske, um ihre Probleme dahinter zu verstecken.

Ich krieche zur Anlage. Ich werde es versuchen. Vicky Leandros. »*Ich liebe das Leben.*«

»Nein, sorg dich nicht um mich
du weißt, ich liebe das Leben
und weine ich manchmal noch um dich
das geht vorüber sicherlich.

Was kann mir schon geschehn?
Glaub mir, ich liebe das Leben.
Das Karussell wird sich weiterdrehn
auch wenn wir auseinandergehn.«

Ich drehe die Anlage so laut auf, dass es in den Ohren schmerzt. Dabei fällt mir ein, dass ich nicht die geringste Ahnung habe, wie viel Uhr wir haben. Es ist dunkel draußen. Das will nichts heißen. Bei zwanzig Stunden Dunkelheit am Tag stehen die Chancen gut, dass es Tag ist. Und wenn schon. Die Musik ist so laut, dass ich die Nachbarn eh nicht hören würde. Auch nicht, wenn sie mit einem Vorschlaghammer gegen die Tür hämmern sollten.

Das Lied ist vorbei und ich spüre nichts. Ich bleibe im Genre und lege nach mit *»I will survive«*. Gleiches Ding, nur andere Sprache. Nach zwanzig Sekunden muss ich es wieder ausschalten. Das kann ja kein Mensch mehr hören. Ein überhörtes Lied ist ein gutes Lied, sonst wäre es nicht überhört. Aber überhört ist nicht hörbar. Gibt es eigentlich eine Hörbar? Ist da die Musik so laut, dass man sein eigenes Wort nicht versteht, oder gibt es überhaupt keine Musik dort? Sind Gehörlose nicht willkommen? Oder müssen sich in dieser Bar alle in Gebärdensprache unterhalten? Keine Ahnung. Nicht mein Problem.

Mein Problem ist ein dummer Punkt. Die Bedeutung des Punktes im Allgemeinen hat seit dem weltweiten Web extrem gewonnen. Punkte werden nicht mehr ignoriert. Früher, als alles noch besser war, hat man das Wort Punkt nur gehört, wenn man im Klassenzimmer saß und der Lehrer ein Diktat vorgelesen hat. Punkt. Punkt. Punkt. Wenn man heute schon nicht mehr *www* sagt, so kommt der Punkt doch spätestens vor dem *de*, dem *com* oder dem *to* oder wo auch immer der Server stehen mag. Nicht einmal der G-Punkt hat die Berühmtheit des www-Punktes erlangt. Da schreibt man nicht einfach einen Satz und packt ganz leichtfertig einen Punkt dahinter, ohne dass der Andere sich nicht wirklich Gedanken über diesen Punkt macht und ihm eine große Bedeutung zukommen lässt.

Kapitel 5: **Wieder Wut**

Ahhhhhhhhhhhhhhhhhhhhhhhhhhhhhhhhhhhhhhhh!

Ich kann noch nicht einmal die These widerlegen, dass traurige Menschen traurige Musik brauchen. Ich werde nie wieder einen Punkt ohne Trauer betrachten können. Und: Die Phasen der Trauer laufen nicht linear ab, sondern vermischen sich.

Ich gebe meiner Anlage eine letzte Chance, mich zu heilen, und lege Heavy Metal ein. Ich schreie und gröle mit und rocke über den Teppich. Zum ersten Mal in meinem Leben spiele ich Luftgitarre und halte mich für ein Naturtalent. Wenn alles kaputtgeht, ist, was mir bleibt, meine Arroganz. Der Song ist vorbei, absolute Stille kehrt wieder ein. Ich sehe mich um, als ob ich irgendwas entdecken könnte. Für vier Minuten und dreißig Sekunden war ich scheinbar in einer anderen Welt, aber das hat meine reale nicht verändert. Meine Schultern fallen gefühlte zwei Kilometer nach unten, ich fühle mich beschissen.

Ich krieche zurück unter den Teppich und nehme mir immerhin eine Flasche Bier mit. Hunger habe ich nicht und keine Ahnung, wann ich das letzte Mal etwas gegessen habe. Das Bier wird mich schon am Leben halten. Und wenn nicht, bin ich halt tot. Dann bin ich der letzte Mensch auf der Welt, den das dann noch kümmert.

Warum kann Antonia nicht das Loslassen so akzeptieren, dass man verdammt noch mal befreundet bleibt? Hätte niemals gedacht, dass »Lass uns Freunde bleiben« für mich eine Lösung bedeuten könnte.

Bier trinken unter dem Teppich gestaltet sich schwieriger als gedacht. Das verleiht mir einen kleinen Schimmer neuen Lebensmut. Sollte ich je wieder unter dem Teppich hervorkommen, werde ich wie neu geboren sein mit der angeeigneten Fähigkeit, eine Flasche Bier unter einem Teppich trinken zu können. Das mit dem Bier geht allerdings ziemlich daneben. Ich fühle mich erschöpft. Es wird wahrscheinlich streng riechen, wenn das Bier erst einmal eingetrocknet ist. Aber was soll's. Liegt ja der Teppich drüber.

Das bisschen Bier, das ich aus der Flasche in meine Kehle bringe, schmeckt gut.

Ich bin mir plötzlich sicher, dass alles gut wird – irgendwann. Ich werde eines Mittags aufwachen und Pläne haben. Dann werde ich statt zu trinken laufen gehen, ich werde mich gesund ernähren, zurück zu mir selbst finden und durch meine fröhliche Ausstrahlung jemanden kennenlernen, der mich über alles liebt und unterhält und fordert und wir werden zusammen alt werden können.

Ich schließe die Augen und stelle mir vor, dass es klingelt und Antonia vor der Tür steht mit einem überdimensionalen Blumenstrauß in der Hand.

Ich lächle sie an, sage ihr, dass ich doch gar keine Blumen mag, weil ich es für überflüssig halte, das Grün zu töten nur zum Angucken und ohne es essen zu können. Antonia sagt: »Ich weiß.« Sie nimmt den Strauß beiseite und auf ihrem Arm sitzt ein kleiner Hund. Antonia entschuldigt sich für alles, was sie mir angetan hat, und muss mir leider mitteilen, dass ihr Mann sie nicht mehr braucht, aber den Hund nicht hergeben will. Dafür hat sie diesen neuen besorgt und sie würde gerne mit ihm und mir zusammen sein. Soviel es nur irgend geht …

Bei dieser Vorstellung falle ich in eine Art Dämmerzustand und drohe einzuschlafen. Was daran zu erkennen ist, dass Antonia, der Fisch, an einer von Antonia geführten Leine die Treppe, die nun eine riesige Wasserrutsche ist, heruntersurft und dabei »Heidelberg!« schreit. Dann träume ich aus Versehen, dass ich für immer abhauen und auswandern will, es aber nicht schaffe, weil ich den Wecker nicht höre. Ich sehe mich selbst im Bett schlafend und versuche mich zu wecken, werde aber nicht wach. Und auf einmal fühle ich diesen tiefen Schmerz wieder, der mir wie eine Tonnenlast auf den Schultern liegt.

Langsam komme ich wieder zu mir. Seltsamerweise fühle ich die Last auf meinen Schultern immer noch. So real kann Träumen sein! Selbst als ich mich umdrehen will, bleibt die Last auf mir lasten. Mit einem Ruck schaffe ich es von der Seite auf den Rücken. Das verursacht einen noch stärkeren Druck auf meinem Bauch und nun beginnt der Druck auch noch zu sprechen: »Suza?«

Na toll, der Druck kennt meinen Namen!

Nun gleite ich aber endgültig in die Sphäre der geistigen Wachheit, um festzustellen, dass jemand auf mir sitzt.

Das Denken geht jetzt so schnell, wie es für eine nicht alltägliche Situation von Nöten ist. Einen Schlüssel für meine Wohnung hat nur Lisa. Die Stimme, die meinen Namen rief, ist mir bekannt. Mit an Sicherheit grenzender Wahrscheinlichkeit ist die Person, die auf mir sitzt, Lisa.

»Lisa?«

»Ja.«

»Warum sitzt du auf mir?«

»Ich sitze auf dem Teppich. Warum liegst du unter dem Teppich?«

»Ich bin depressiv.«

»Hm.« Lisa denkt nach. Ich weiß, dass ich jetzt und die nächsten siebzehn Wochen und zwei oder drei Tage lieber alleine sein mag. Ich will in meinem Schmerz vergehen. Mich versteht eh keiner und ich verstehe nicht, was passiert. Dementsprechend fällt meine Antwort auch weder semantisch noch im Tonfall besonders freundlich aus.

»Bitte lass mich in Ruhe.«

Suza schweigt. Endlos lange. Dann kommt ihre Antwort und die sitzt.

»Mit Punkt?«

Jetzt schweige ich. Nicht, weil ich mich angegriffen fühle, sondern weil ich feststelle, dass man »Bitte lass mich in Ruhe« genau so fühlen kann. Und das gar nicht böse meint. Es heißt einfach nur, dass man das gerade für besser hält. Nicht, dass es sich nicht wieder ändert. Wenn man seinen eigenen Kram wieder geordnet hat, dann kann man wieder mit anderen reden.

Manchmal schwirren die Gedanken so durch die Hirnwindungen, dass sie sich gegenseitig blockieren und ein großer Gedankenstau herrscht. Ist dieser Stau erst einmal im Hirn entstanden, kann man nichts mehr sagen außer *Bööh*, *Blubb* oder *Pmumof*. Was, wenn es Antonia genauso ginge wie jetzt mir? Dass ihr »Bitte lass mich los« ein Gefühlsstau wäre? Nein. Das kann nicht sein. So lange kann kein Gefühlsstau dauern. Zumal ich ihr in meiner Mail ja Vorschläge zur Lösung gemacht habe. Mit mir umgehen, es ausprobieren. Hauptsache, mich nicht aufgeben. Das ist doch immerhin schon mal eine Umleitung am Stau vorbei.

»Lisa, ich muss so viel denken. Ich will alleine sein.«

Lisa steht auf, um zu mir unter den Teppich zu kriechen.

Sie legt sich neben mich und verharrt dort eine Weile, bevor sie mit gebrochener Stimme sagt: »Ich habe das Baby verloren.«

Ha. Eine wohl anerkannte Lösung für schlechte Stimmung und Selbstmitleid: Jemandem begegnen, dem es noch schlechter geht.

Ich nehme Lisa schweigend in den Arm. So liegen wir unter dem Teppich, Lisa weint und ich weine mit.

Nach ein paar Minuten wischt sich Lisa die Tränen aus den Augen und lächelt mich vorsichtig an. Zumindest glaube ich das, denn unter dem Teppich ist es noch dunkler als darüber. Sie zieht eine Flasche Sekt aus ihrer Tasche und drückt sie mir in die Hand.

Wir krabbeln unter dem Teppich hervor, ich suche den Schalter und mache das Licht an. So viel Helligkeit habe ich schon lange nicht mehr gesehen. Lisa und ich machen es uns auf dem Sofa bequem.

Wir stoßen an auf die Ungerechtigkeiten des Lebens. Denn ohne sie wüssten wir die Gerechtigkeiten nicht zu schätzen.

Lisa weiß nicht genau, was passiert ist. Aber so weit war sie noch nicht und nimmt es eigentlich ganz gelassen. Sie werden es wieder versuchen. In ein oder zwei Jahren. Ich hätte ihr so ein Erlebnis natürlich niemals gewünscht. Ich kann nicht annähernd nachfühlen, was es bedeutet. Auf der anderen Seite löst es eins meiner Probleme. Auch wenn der Gedanke eh absurd war, jetzt fällt er ganz weg. Lisa werde ich nicht verlieren an ein kleines schreiendes windelpupsendes Knuddelbaby. Zumindest noch nicht. Und wenn es dann so weit ist, werde ich auch vorbereitet sein und Tonnen an Geschenken kaufen. Ich will doch die Erste sein, die meinem zukünftigen Patenkind irgendwann erklärt, dass die Tiere im Zoo nicht tot sind und dass das lustige Kämpfen kein Kämpfen, sondern Poppen ist. Irgendwann. Lisa findet das gut.

Wo die eine Flasche Sekt herkam, gibt es noch mehr. Lisa und ich beschließen, noch kurz zur Tankstelle zu laufen, um zu sehen, ob es Grillfleisch und Kohle gibt. Dann grillen wir auf dem Balkon und wärmen uns an der Glut. Ganz unweiblich verzichten wir auf Salat oder Gemüse und essen nur Fleisch. Wir nennen das Trennkost. Es lässt uns die Männer besser verstehen, wenn sie nach Fleisch gieren. Es scheint von jeher den Jägern und Sammlern im Blut zu liegen. Wir können das ein Stück weit nachvollziehen. Purer Geschmack, auf das Eine konzentriert. Das Fleisch. Vielleicht ist es das, was die Männer so verwirrt: Jäger und Sammler zur gleichen Zeit sein zu müssen. Der Jäger, der nur auf das Fleisch konzentriert ist, und sich als Sammler ebenfalls auf das Fleisch konzentriert. Auf das möglichst vieler paarungswilliger Damen. »Ekelhaft«, sagt Lisa. Aber wir wissen auch nicht, wie wir es besser formulieren sollen nach zwei Flaschen Sekt. Es ist ein schöner Abend. Endlich kann ich mal wieder lachen und Lisa scheint wirklich recht entspannt für das, was ihr passiert ist. Ich freue mich, mal wieder mit ihr zusammen zu sein. So wie es sich gehört. Bei der dritten Flasche Sekt werden wir wieder sentimental. Wir sitzen auf dem Balkon auf der Bank, eingehüllt in warme Decken, und schauen dem Mond bei seiner Wanderung über den Horizont zu. Die Nacht ist kalt, wir atmen die frische Herbstluft ein. Die Wolken verdecken den Mond und einige Zeit später beginnt es zu schneien, was für diese Jahreszeit viel zu früh scheint, aber seit wann kann man sich schon auf das Wetter verlassen? Ich springe schnell in die Wohnung und hole einen großen roten Regenschirm. Und so sitzen wir noch eine ganze Weile draußen. Eingemummelt in die warmen Decken, unter dem großen Schirm, sehen wir dabei zu, wie die Schneeflocken den Balkon in ein stilles Weiß verwandeln. Wenn man genau hinhört, hört man, wie die Schneeflocken mit einem leisen Zischen verschwinden, wenn sie auf die glühende Kohle des kleinen Stehgrills fallen. Jede von uns hängt den eigenen Gedanken nach, wir rücken ganz nah aneinander und halten uns gegenseitig, als die Tränen wieder laufen. Ich mag keinen Alkohol mehr für heute und Lisa auch nicht. Nach Hause gehen mag Lisa aber auch nicht. Also beschließen wir, mit all den warmen Decken in mein Bett umzuziehen. Und so schlafen wir dann auch ganz schnell ein. Aneinandergekuschelt. Es fühlt sich gut an. Nach Geborgenheit. Ganz sicher. Auch wenn man unterm Strich immer alleine ist, heute Nacht bin ich es nicht.

Am nächsten Morgen bekämpfen wir unseren Kater mit literweise Kaffee. Im Tiefkühlfach finde ich noch Lachs. Lachs lutschen weckt die Sinne, stellen wir fest. Ich denke, ich werde das ins Standardrepertoire aufnehmen.

»Sag mal«, setzt Lisa an, »was ist denn das für ein Fisch?« Sie hat Antonia entdeckt.

»Wieso? Hast du noch Hunger?«

Lisa lächelt und lutscht weiterhin abwechselnd Lachs und trinkt ihren Kaffee.

»Das ist mein hässlicher Fisch Antonia. Hast du ihn noch gar nicht bemerkt? Den hab ich mir gekauft. Kannst du ihn füttern?«

Während Lisa mit Bedacht das Fischfutter ins Aquarium rieseln lässt, setze ich mich aufs Sofa und schaue ihr zu.

Ich bin so froh, dass wir Freundinnen sind. Und nichts wird das ändern können. Wir sind miteinander so weit verwoben, dass das nicht so einfach zu zerstören ist. Mit Lisa verbindet mich eine tiefe und unumstößliche Freundschaft. Ich bin mir sicher, dass das Fundament stark genug ist, um einiges auszuhalten. Von »ewig« traue ich mich nicht zu sprechen. Aber wir haben einfach keinen Grund, uns voneinander zu entfernen, weil die Freundschaft uns nur Gutes bringt und wir beide gleich gewillt sind, dafür zu arbeiten und zu kämpfen. Wenn ich mir vorstelle, dass Lisa Tom alleine über Nacht gelassen hat, jetzt in dieser schweren Zeit für beide! Wobei, wenn ich Lisa angucke, weiß ich, dass sie es tatsächlich nicht zu schwer nehmen wird. Und Tom wohl ebenso wenig. Genau genommen weiß ich, dass Tom ihr wahrscheinlich sogar die Flaschen Sekt in den Rucksack gepackt und Lisa zu mir geschickt hat.

»Antonia ist wirklich potthässlich!«

Ich nicke.

»Und weißt du was?«, fügt sie hinzu, »einen schlechten Charakter hat sie auch. Guck dir das mal an. Die beißt dir in den Finger, wenn sie mit der Futtermenge nicht zufrieden ist. Guck!« Das war mir noch nicht aufgefallen, aber es stimmt. Das Vieh wird nahezu aggressiv. Und es ist jetzt nicht so, dass ich sie hätte aushungern lassen. Ich habe sie regelmäßig gefüttert und ihr Schimpfworte um die Flossen gehauen.

»Hässlich und gierig, was ein Arsch.«

Lisa hält eine Karte hoch, die neben dem Aquarium liegt. Es ist die Hochzeitseinladung von Miriam und Stephan.

»Gehen wir da hin?«, fragt Lisa.

»Keine Ahnung. Wann ist es?«

»In drei Tagen.«

»Ich bin mir nicht sicher. Ich glaube, ich brauche noch mächtig viel Zeit, um mich so weit zu ordnen, dass ich mich wieder unter Menschen mischen kann«, antworte ich.

Lisa nickt. Weiß sie doch, wie es mir geht. Vielleicht ist meine Katastrophe kein Supergau, aber es ist eben an allen Fronten etwas zusammengebrochen. Lisa sieht mich an. Dann kommt sie zu mir und nimmt mich in den Arm. Sie küsst mich auf die Wange und verabschiedet sich. »Ich würde mich sehr freuen, dich da zu sehen, Süße!«

Als sie die Wohnung verlassen hat, bin ich mir einer Sache sicher. Ich werde nicht wieder zurück unter den Teppich gehen. Da riecht es nach Bier.

Ich streune ziellos durch die Wohnung.

Es gibt noch hunderttausend Bücher zu lesen und ebenso viele Filme zu gucken. Ein Tag verfliegt, wenn man das abwechselnd durchzieht. Zwei Stunden lesen, zwei Stunden Film gucken. Aufgrund meines einmalig speziellen Gedächtnisses setzen meine Hirnwindungen am nächsten Tag die Geschehnisse der Filme und des Buches so zusammen, dass es eine neue Geschichte ergibt. Währenddessen betrachte ich

Antonia im Aquarium, wie sie ruhig ihre Bahnen schwimmt. Ich nehme mir einen Stuhl und setze mich vor das Aquarium.

Und das tut ein Fisch den ganzen Tag. Er schwimmt in der Wassermasse hin und her, rauf und runter! Ob Fische Gefühle haben? Oder zumindest so etwas Ähnliches? Kann man sie aus dem Tiefschlaf wecken und sie bekommen einen Schreck? Vielleicht werde ich mir heute Nacht den Wecker stellen und es ausprobieren. Vielleicht auch nicht. Ich stehe auf und hebe das Aquarium an. Es lässt sich gerade noch tragen. Ich bringe es ins Bad, stelle es auf den Wannenrand und überlege, ob es Antonia wohl Spaß bereiten würde, ein paar Runden in der Badewanne zu schwimmen. Allerdings würde sie dann um sich herum nur weiße Wände sehen. Und wenn sie nach oben guckt – können Fische nach oben gucken? –, sähe sie durch die Wasseroberfläche nur mein blödes, zweifelndes Gesicht. Ich erspare es Antonia und halte an meinem Plan fest: Ich nehme einen Taschenspiegel aus dem Schrank und tauche ihn langsam in das Aquarium. Halte ihn Antonia vor, worauf sie ganz wild wird. Sie scheint den Spiegel anzugreifen! Offenbar mag sie ihr Aussehen auch nicht. Nervös schwimmt sie immer wieder auf den Spiegel zu, um dann kurz vorher abzudrehen und neu Anlauf zu nehmen. Das ist interessant. Jetzt weiß ich, dass diese Fischart negativ auf ihr eigenes Spiegelbild reagiert, auch wenn ich nicht einmal die leiseste Ahnung habe, wie diese Fischart überhaupt heißt.

Warum habe ich das Aquarium ins Bad getragen, statt den Spiegel zum Aquarium? Es gibt Dinge, die man tut, ohne sie vorher gründlich genug überdacht zu haben. Damit muss man leben.

Ich trage Antonia zurück ins Wohnzimmer und lege mich auf das Sofa. Entschließe mich, die Decke anzustarren. Das kann damit enden, dass ich mir nur noch negative Gedanken mache, dabei aber an der Decke Spinnweben entdecke, die ich lieber entferne, als weiterhin Trübsal zu blasen. Der einzige Gedanke, der mir jetzt kommt, ist der, dass ich beizeiten meine Staubsauger-Antipathie überwinden muss. Im Laufe der Jahre hat sie sich plötzlich irgendwann eingestellt. Ich hasse Staubsaugen. Ich habe keine Ahnung, warum. Einen Psychiater dafür zu beauftragen scheint mir übertrieben, aber es wundert mich schon sehr.

Doch meine Gedanken bleiben eh nicht lange beim Staubsauger hängen. Ich denke wieder an Antonia und den Zoo. Mir kommt eine Idee. Eine gute Idee. Ich springe auf, unter die Dusche, ziehe mich in Windeseile an und verlasse das Haus.

Zwei Stunden später klingele ich bei Lisa und Tom. Lisa öffnet mir die Tür. Sie sieht müde und verschlafen aus.

»Komm mit!«, sage ich zu ihr, sie sieht mich nur schief an. Tom ist auch da, das trifft sich gut. Er muss auch mit.

Ich führe die beiden durch den Haupteingang des Zoos, an den Erdmännchen und dem kleinen Panda vorbei zum Gehege der Hirschziegenantilope.

Tom und Lisa sehen mich fragend an.

»Ich habe mir gedacht, wo das mit eurem Nachwuchs noch nicht geklappt hat, solltet ihr unbedingt Paten einer kleinen niedlichen Hirschziegenantilope werden.«

Ich überreiche den beiden die Patenurkunde. »Gut?«, frage ich. Lisa nickt und Tom umarmt mich.

»Danke! Das ist cool.«

Lisa vermutet, dass ich die Hirschziegenantilope nach ihrem Namen ausgewählt habe, und sie hat recht. Das sind gleich drei Tiere auf einmal und außerdem haben die Böcke diese lustigen gezwirbelten Hörner auf dem Kopf, die nur dadurch entstanden sein können, dass sich einst eine Hirschziegenantilope mit einem Einhorn paarte.

Und ich mache jetzt schon mal fest aus, dass ich meinem zukünftigen Patenkind irgendwann erklären darf, dass man, obwohl man Pate ist, die Hirschziegenantilope nicht mit nach Hause nehmen darf. Wenn das Kind schlau sein wird, wovon ich ausgehe, wird es auch verstehen, dass Tante Suza ihren Paten nicht ständig um sich herum haben kann.

»So sprichst du jetzt«, sagt Lisa, »aber ich denke, dass du sowohl das Patenkind als auch die Hirschziegenantilope mit nach Hause nehmen würdest.«

Tom, Lisa und ich stehen am Gatter und sehen diesem kleinen Tierchen zu, das durch das Gehege stakst und der Mutter folgt, während wir überlegen, wer sich denn nun wirklich mit wem gepaart hat. Ein Einhorn mit einer Antilope oder ein Hirsch mit einer Ziege und deren Nachkommen wiederum miteinander? Auf jeden Fall steckt viel Fruchtbarkeit hinter dem Namen. Von da aus ist der Gedankensprung nicht allzu schwer, dass wir darüber nachdenken, wen wir bei Miriams und Stephans Hochzeit wohl treffen und, viel wichtiger, wer sich auf der Hochzeit mit wem paaren wird.

Dass Lisa und ich Stephan schon seit Urzeiten kennen, dafür können wir nichts, aber dass er Miriam kennengelernt hat, daran bin ich nicht ganz unschuldig.

Damals haben Miriam und ich zusammen in derselben Architekturfirma gearbeitet. Sie als Bauzeichnerin und notorische Dauerrednerin. Wir saßen uns tagtäglich gegenüber und als ich meinen Geburtstag mal etwas größer gefeiert habe, musste ich sie leider einladen, weil ihr Klatschradius bis in mein Umfeld reichte. Hätte ich sie nicht eingeladen, hätte sie trotzdem über die Party Bescheid gewusst und mir im Büro dann unterschwellig in jedem zweiten bis jedem Satz verdeutlicht, wie enttäuscht sie war. Weil sie nämlich dachte und wohl immer noch denkt, dass wir die besten Freundinnen sind. Ich bin mir nicht sicher, wie sie auf den Gedanken kommt, denn ich habe ihr in meinem ganzen Leben noch nie etwas Intimes, Privates oder sogar Persönliches von mir verraten. Dafür, dass ich sie, wie sie behauptet, ganz gezielt und bewusst nun mit ihrem Traummann verkuppelt habe, wird sie mir ein Leben lang dankbar sein und mich bis in alle Ewigkeit für ihre beste Freundin halten. Ich hoffe inständig, dass sie mich nicht in ihrer Brautrede erwähnt. Sonst werde ich sauer.

An jenem Abend meiner Party saß Miriam schon in meiner Wohnung, als Stephan hinzukam. Miriam hatte sich mit mir einen halben Tag frei genommen, um mir zu helfen, was sehr nett war und mir auch geholfen hat. Ich hatte an dem Tag vorgegeben, eine Ohrenentzündung zu haben, weswegen ich Watte in den Ohren hatte. Einen ganzen halben Tag Kollegengerüchte kann ich zwar im Büro abhaben, denn dort lenkt mich die Arbeit ab, aber vor meiner Party musste ich mich wirklich konzentrieren und hätte Miriams Gelaber nicht ertragen.

Stephan war zu früh, weil sein Porsche in der Werkstatt schneller als erwartet aus der Inspektion gekommen war. Also war er von außerhalb angereist, ohne in den Feierabendverkehr geraten zu sein. Miriam war vom ersten Moment an ganz hin und weg und fest davon überzeugt, dass ich Stephan extra früher bestellt hätte, weil ich so gut zuhören kann und ihr Jammern darüber, dass sie keinen Freund hat, erhört und nun auch geändert hätte. Erstaunlich, wie sehr man sich durch subjektive Selektion und starre Wahrnehmung selbst belügen kann!

Stephan langweilte mich vom ersten Moment seines Erscheinens an mit ausschweifenden Beschreibungen über das Innere eines Porsche-Motors, doch Miriam war ganz angetan vom enormen Wissen dieses hochgebildeten Mannes und fragte investigativ immer weiter und weiter nach. Das ließ mir die Ruhe, die restlichen Dips vorzubereiten und dem Geschwafel nicht mehr zuhören zu müssen, geschweige denn so zu tun als ob. Als die ersten Gäste eintrafen, redeten Miriam und Stephan immer noch miteinander, und als die letzten Gäste gingen, hing Miriam an Stephans Lippen. So oder so gesehen. Ich schmiss beide raus, was allen sehr recht war. Stephan sollte ursprünglich bei mir übernachten, aber bei Miriam war er wesentlich besser aufgehoben.

Am nächsten Arbeitstag erfuhr ich von Miriam Dinge über Stephan, die ich im Leben niemals hatte erfahren wollen. Auch wenn ich an chronischer Reizunterflutung leide und so viele Bilder wie möglich brauche und suche, manche will man einfach nicht vor dem inneren Auge ablaufen sehen.

Nachdem ich zwei Jahre mit Miriam gearbeitet hatte, verließ ich die Firma wegen eines guten anderen Angebots, das sich hinterher als totaler Mist herausstellte. Ich glaube, Miriam arbeitet immer noch in unserer alten Firma, aber ehrlich gesagt, habe ich sie nie gefragt, aus Angst davor, nicht nur zu hören, was sie jetzt macht, sondern auch zu erfahren, was alle anderen, die in der Firma je gearbeitet oder sie auch nur einmal betreten haben, jetzt machen.

Lisa, Tom und ich sind uns sehr sicher, dass es irgendjemand schaffen wird, für einen Skandal auf Miriams und Stephans Hochzeit zu sorgen. Während wir das kleine Hirschziegenantilopenkalb beobachten, wie es unsicher über den harten Untergrund springt, schließen wir Wetten ab. Tom wettet auf mich, aber ich bin mir sehr sicher, dass es von meiner Seite her keinen Skandal geben wird. Zumindest nicht, solange Antonia nicht auf der Hochzeit ist. Lisa äußert dazu eine Vermutung. Wahrscheinlich hat Miriam eine Putzfrau (die ihr Stephan bezahlt), die eine Tochter hat, deren Freund mit dem Nachbarn des Mannes bekannt ist, in dessen Vorgarten Antonias Hund einmal gepinkelt hat, und deswegen sei Antonia auch da. Da habe ich Zweifel dran, aber unmöglich wäre es nicht. Ich ziehe allerdings vor, nicht darüber nachzudenken, geschweige denn, mir vorzustellen, dass Antonia da sein könnte und was ich dann tun würde.

Langsam wird es ein wenig kalt. Wir beschließen, einen Glühwein trinken zu gehen. Meinen letzten Glühwein habe ich im Mai bei 20 °C und strahlendem Sonnenschein getrunken; ihn jetzt zum Aufwärmen zu trinken erscheint mir eine annehmbare Idee zu sein.

Wir wandern in ein kleines Café, trinken Glühwein und essen Kuchen und lassen die Welt da draußen sein, wie sie sein will.

Lisa und Tom sind wirklich ziemlich entspannt und wirken fast ein wenig erleichtert, dass sie noch nicht Eltern werden. Sie stecken mich mit in ihrer Fröhlichkeit an, schenken mir eine Auszeit von meinen trüben Gedanken. Ich bewundere die beiden sehr. Ein solches Schicksal und sie nehmen es, wie es ist! Zumal Trauern die Zeit auch nicht zurückdrehen könnte. Es wird dunkel, es wird spät und wir sitzen immer noch im Café. Gegen Mitternacht wandern wir beschwingt heim.

Zu Hause kommt mir der Gedanke, dass Miriam vielleicht mittlerweile vergessen haben könnte, durch wen sie ihren Traumprinz im schwarzen Porsche fand, denn sie hat mich nicht gefragt, ob ich ihre Trauzeugin sein will. Das ist gut. Das heißt, sie hat eine neue beste Freundin gefunden.

Am nächsten Morgen wache ich auf und es hat richtig viel geschneit. Der Boden ist mit einer dicken Schneeschicht bedeckt. Die Dächer sehen aus wie mit Puderzucker bestreut und es hat den Anschein, als würde selbst das Glockengeläut der vereinigten versammelten Kirchen rund um meine Wohnung gedämpft.

Ich frage mich, was mit der globalen Erwärmung los ist. Jetzt liegt schon Schnee im November, so wie damals, direkt nach dem Krieg. Das behauptet zumindest meine Nachbarin, der ich begegne, als ich das Treppenhaus hinabstiefele. Ich wünsche vorsichtshalber einfach mal »Frohe Umnachtung« und »Heiligen Rutsch«, was meine Nachbarin als Weihnachtswünsche auffasst und damit in einen Zustand der Verwirrung bringt, der mich wiederum davor bewahrt, in ein längeres Gespräch verwickelt zu werden. Meine Nachbarin nickt irritiert und verschwindet schnell in ihrer Wohnung, wahrscheinlich, um zügig auf den Kalender zu schauen und nachzusehen, ob sie die letzten sechs Wochen verschlafen hat. Das macht mir Mut. Möglicherweise bin ich nicht der einzige Mensch auf Erden, der glaubt, Winterschlaf machen zu müssen, weil ich im tiefsten Innern meines Herzens ein Murmeltier bin, so viel wie ich in den letzten Wochen geschlafen habe. Nur meinen Kopf krieg ich noch nicht zwischen die Hinterbeine, wenn ich schlafe, aber sobald ich das schaffe, lasse ich mir eine Murmeltiermarke anfertigen.

Es ist aber auch nicht auszuschließen, dass meine werte Nachbarin prüft, ob wir nicht tatsächlich noch nach dem Krieg haben. Ihr Alkoholkonsum steht hinter meinem wahrhaftig nicht zurück. Kochwein. Muss sein. Da kann man mal leicht durcheinander kommen. Manchmal ist man allerdings betrunken klarer als nüchtern. Insbesondere wenn Schnee liegt. Schnee macht die Menschen kirre.

Weil es eh egal ist, verhalte ich mich gerne, insbesondere was Glühwein betrifft, antizyklisch. Aber ich gehe auch bei 35 °C im Schatten gerne in die Sauna, weil es kälter wirkt, wenn man wieder rauskommt. Dazu höre ich allerdings gerne Weihnachtslieder. Bei Dingen – anders als in der Liebe – habe ich es schon immer gut geschafft, meinen Gefühlen zu folgen. Meine Weihnachtsschokolade inklusive Nikoläusen wohnt in meinem Kühlschrank bis Sommer und den letzten Schokoladenosterhasen verschlinge ich gern am zweiten Weihnachtsfeiertag.

Ich trete hinaus in die weiße Schneepracht und muss niesen. Fünfmal hintereinander. Möglicherweise reagiere ich allergisch auf Schnee? Das fände ich beängstigend. Während ich weitere vier Mal niese, erkläre ich mir das mit dem Temperaturunterschied, der meine Nasenschleimhäute reizt. Die Frau, die mir auf dem Bürgersteig entgegenkommt, führt ihr Kind auf die andere Straßenseite. Ja, denk halt, ich habe Schweinegrippe, Tussi!

In der Tat fühle ich mich schlapp und ausgelaugt. Jeder Schritt fällt mir schwer und die Schultern sind schlimm verspannt. Ich vermute, es sind die emotionalen Anstrengungen der letzten Monate, die mir in den Knochen stecken. Und das viele Schlafen auf dem Boden.

Als ich die Mitte der Straße erreiche, kommt mir ein Mann entgegen. Er geht mit zügigem Schritt, in der Hand eine Einkaufstasche, und was wirklich erstaunlich scheint: Er trägt lediglich ein T-Shirt. Ich überlege kurz, ob ich aus meinem Antizykluspreis einen Wanderpokal mache und ihn ihm überreiche. Das würde zugleich mein kompetitives Verhalten anstacheln, mir den Pokal beizeiten zurückzuholen. Ich bin mir nicht sicher, ob mir warm oder kalt werden soll bei dem Anblick. Auf der einen Seite weiß ich, dass Frieren durchaus eine Sache der Einstellung sein kann. Wenn mir kalt ist, stelle ich mir vor, ich stünde nur im Bikini da. Dann fühle ich all die Klamotten, die ich anhabe, und mir wird wärmer. Auf der anderen Seite stelle ich mir jetzt vor, dass ich nicht Mütze, Schal und Daunenmantel trage, sondern wie der Mann nur im T-Shirt herumlaufe. Also ist mir auch kalt. So viel zum Thema Gefühle. Kaum liegt Schnee, sind die Menschen kirre.

Ich wandere zur Hauptstraße, auf der heftiges Treiben herrscht. Haben die Leute bisher ignoriert, dass das Weihnachtsgebäck schon in den Regalen liegt, wissen sie jetzt, dass es ernst wird und langsam das ein oder andere Geschenk gekauft werden muss.

Kaum dass ich einem älteren Ehepaar ausgewichen bin,

das es tatsächlich schafft, zu zweit den ganzen Bürgersteig zu blockieren, werde ich Zeuge einer schneebedingten Kettenreaktion. Ein junger Mann, der die Gefahren eines Kölner Radwegs schwer unterschätzt, gerät auf selbigen, ohne zu beachten, dass sich ihm ein Rad nähert. Just in diesem Moment schlittert eine junge Frau mit Kinderwagen aus dem Supermarkt, dessen frisch gebohnerter Eingangsbereich durch den hereingetragenen Schnee spiegelglatt geworden ist. Sie stützt sich krampfhaft auf die vier Räder des Kinderwagens. Das erinnert mich an eine Autofahrt durch den Schnee, auf der ich nicht ein einziges Mal mit dem Wagen rutschte, aber als ich ausstieg, auf der Nase landete. Ich vermerkte ein Memo an mich selbst: Auf vier Rädern fahren ist leichter als auf zwei Beinen stehen!

Der junge Mann gleitet also auf dem Radweg aus, wo er in einer Art Blutgrätsche ins Rad eines Bärtigen schlittert. Der Bärtige kommt im selben Moment auf dem Boden auf – er fällt weich, weil er auf den jungen Mann fällt –, als sein Rad, das auf die Straße rutscht, von einem Auto überrollt wird, das dadurch ebenfalls ins Schlittern gerät und in einer Telefonzelle landet. Das ist interessant, denke ich mir. Es gibt noch Telefonzellen und sogar so nah an meinem Haus! War mir noch nie aufgefallen. Wobei ich keine Telefonzelle brauche. Ich wüsste noch nicht einmal, wie viel das Telefonieren kostet. Früher waren es 20 Pfennig. Ich kenne auch niemanden, der kürzlich von einer Telefonzelle aus telefoniert hätte und dabei soundso viel Cent eingeworfen hätte. Wie auch immer. Jetzt ist es auch egal, denn die Telefonzelle kippt und zwar auf das Auto.

Dieses Auto ist eine Polizeistreife. Die Polizisten springen heraus und sind stinksauer. Ich weiß, dass es Geld kostet, einen Polizisten zu beleidigen; jetzt frage ich mich, was die Polizisten wohl bezahlen müssen, so wie sie die Bürger beleidigen. Der Bärtige und der junge Mann scheinen unverletzt, denn sie gehen erst aufeinander, dann auf die Polizisten los. Verrückt. Alle verrückt.

Die Polizisten sind nicht in der Lage, die Situation in den Griff zu kriegen. Selbst Zeugen mischen sich jetzt ein und streiten lautstark mit den Parteien. Eine sehr dicke Frau will gerade dem Polizisten an die Gurgel, als sie ausrutscht und auf dem Hintern landet. Der Polizist versucht ihr aufzuhelfen, wobei er selber hinfällt und damit den letzten Rest an Respekt verliert. Ich kaufe mir an der Bude ein Eis – antizyklisches Verhalten – und schaue dem Treiben auf der Straße noch eine Weile unbeteiligt zu. Ich habe kein Verlangen, mich als Zeugin zu melden. Auch wenn es im Moment nicht so scheint, die Polizei hat wohl alles gesehen und wird das schon hinbekommen. Mein Eis ist weggeschleckt, es war aber keine gute Idee. Jetzt habe ich Schmerzen am Nasenbein. Im nächsten Jahr werde ich vielleicht mein Verhalten zyklisch angleichen müssen. Auf jeden Fall wirkt Schnee nicht gleich beruhigend auf alle Menschen. Ich gehe nach Hause, den Kühlschrank abtauen.

In der hintersten Ecke finde ich ein altes VHS-Band. Wie lange ich schon nicht mehr in die Tiefen meines Kühlschranks vorgedrungen bin! Auf die Idee, ihn abzutauen, war ich eigentlich noch nie gekommen. Nicht dass ich mich nicht geärgert hätte, dass das Eis immer mehr Platz wegnahm im Tiefkühlfach, aber Kühlschrank abtauen und es auch wirklich tun hat was sehr Spießiges.

»Und was hast du heute so gemacht an deinem freien Tag?«

»Ach ich habe meinen Kühlschrank abgetaut und bin mit dem Ergebnis sehr zufrieden.« In meinen Ohren hört sich das mehr als nur bemitleidenswert an.

Ich erinnere mich dunkel, wie das Band in den Kühlschrank gekommen sein muss. Es ist Monate her. Stephan war zu Besuch. Leichtfertigerweise hatte ich ihn dazu eingeladen, als Tom, Lisa und ich eine kleine Kochparty veranstalteten. Stephan hatte am Nachmittag angerufen, weil er irgendwas von mir wissen wollte. Ich weiß nicht mehr was. Er kam an dem Abend allerdings ohne Miriam, sodass es sehr unproblematisch war, ihn als Gast zu haben. Wir hatten einen großartigen Abend, ich habe das Essen verkocht, Tom den Rotwein über dem weißen Teppich verschüttet und Lisa ist am Essenstisch eingeschlafen. Nach dem Essen sind wir auf die großartige Idee gekommen, alte Videos aus Schulzeiten anzusehen. Ich fand sie in meinem Schrank und ein Wunderwerk qualitativ niedrigwertigen original historischen Materials flimmerte uns aus dem Fernseher entgegen. Trinkende, grölende, halbnackte und sich küssende Jungs. Strippoker mit gezinkten Karten und Schlager-Karaoke mit Tanzeinlage. Beim Angucken wandelten sich unsere Gefühle von belustigt über beschämt bis hin zu köstlich amüsiert und gerührt. Schlussendlich kamen wir zu dem Schluss, dass wir uns nicht wirklich schämen müssen, nur weil wir damals eine saumäßig gute Zeit hatten. Allein Stephan mochte die Szene nicht, in der er gegen Lisa und mich im Strippoker verlor, dann leichtfertigerweise alles oder nichts riskierte und in logischer Konsequenz nackt und draußen fünf Laternen austreten musste. Deswegen muss er wohl in einem unbemerkten Moment das Band in den Kühlschrank gelegt haben.

Als ich es jetzt wieder hervorhole, freue ich mich sehr. Es kann ja kein Zufall sein, dass es gerade jetzt, so kurz vor der Hochzeit, wieder auftaucht und auftaut.

Immerhin hatte Stephan es eingepackt, so dass ich leise Hoffnung hege, dass es noch funktioniert. Es riecht ein wenig nach Knoblauch.

Ich eile zum Videorekorder und lege das Band ein. Es läuft! Ich bin begeistert und finde, bis auf die Frisuren haben wir uns kaum verändert. Ich werde einen Film für die Hochzeit zusammenstellen! Damit ist auch entschieden, dass ich zur Hochzeit gehen werde. Wahrscheinlich wird es sehr schwer, sich ein frisch verliebtes Paar anzusehen, ohne dass sich dabei mein Magen umdreht. Aber solange Antonia nicht da ist, wird es eine gute Prüfung, um ins Leben zurückkehren zu können. Wenn es nicht funktioniert, geh ich wieder unter den Teppich oder verarbeite meinen Verlust in einem Theaterstück mit Ausdruckstanz, das ich dann schreiben und choreographieren werde.

Die neue Technik macht es möglich: Von dem VHS-Band kann ich das Material auf den Rechner spielen, schneiden und auf DVD brennen. Auch wenn ich der Überzeugung bin, dass wir uns kaum verändert haben – wenn jemand »DVD brennen« gesagt hätte, als wir klein waren, würde der Nächstbeste schon das Feuerzeug gezogen haben. Beruhigend zu wissen. Nicht wir haben uns verändert, nur die Welt um uns herum.

Es ist schon spät, aber das wird jetzt durchgezogen. Allerdings fühle ich mich gerade arg gestört, weil einer meiner Nachbarn denkt, er könne nach zweiundzwanzig Uhr noch ein paar Nägel einschlagen. Das Klopfen dringt durch die Wände des alten Hauses und ich kann nicht exakt sagen, wo es herkommt. Hier steht Haus an Haus, es ist also auch möglich, dass das Hämmern aus dem Nachbargebäude kommt. Normalerweise stört mich hämmern nach zweiundzwanzig Uhr nicht. Ich tue es ja selbst, aber jetzt muss ich mich gerade mal konzentrieren. Auf Verdacht wähle ich die Wand im Schlafzimmer, gegen die ich mit aller Kraft zurückhämmere. Später will ich mal ein großer Spießer werden, also übe ich das ab und an ein wenig, auch wenn ich jetzt nur meine verkorkste Doppelmoral auslebe. Manchmal erachte ich das Zusammenleben mit anderen Menschen als sehr schwierig! Das schließt nicht aus, dass ich für die anderen Menschen auch ein anderer Mensch und sicher nicht einfach bin. Wenn mir zum Beispiel jemand auf meiner

Straßenseite auf dem Radweg entgegenkommt und ich mich dafür entscheide, auf der linken Seite an ihm vorbeizuradeln. Und wenn dieser Radfahrer sich dann dafür entscheidet, rechts an mir vorbeizufahren und wir also in die Bremsen steigen müssen und dann Vorderreifen an Vorderreifen stehen, werde ich leicht, sagen wir mal, unleidlich, wenn der befickte Radfahrer mir dann zeigen will, wo rechts ist. Da werde ich stinksauer. *Er* fährt auf der falschen Bürgersteig- und Straßenseite und will *mich* belehren!

Ähnlich verhält es sich mit anhaltendem Hämmern, insbesondere sonntags in der Mittagspause. Ich bin weder sehr religiös noch überempfindlich, aber ich bin gut erzogen und es geht um Respekt seinen Mitmenschen gegenüber. Deswegen hämmere ich nur in Notfällen nach zweiundzwanzig Uhr, wenn ich denke, dass ich die Anderen nicht störe.

Mein Klopfen führt jetzt wiederum dazu, dass sich mein Nachbar hinter der Schlafzimmerwand zu unrecht beschuldigt fühlt und seinerseits Laut gibt. Offenbar kann er auch nicht herausfinden, wo das Klopfen genau herkommt, ich höre sein Hämmern an einer entfernten Wand. Na prima, das wird jetzt wohl so weitergehen. Heute ist der Tag der Kettenreaktionen. Kurz bin ich versucht, einen *Flashmop* zu organisieren, aber mir fehlt der letzte Schub an Motivation, jetzt muss ich das Video weiterschneiden.

Ich lade schnell im Internet die entsprechende Musik herunter, bevor sie mir jemand vor der Nase wegschnappt und sie ausverkauft ist, und versuche mich als Allererstes an der Laternenszene. Faszinierend, wie unterschiedlich diese Szene wirkt, wenn man jeweils andere Musik wählt. Eine Zeitlupe und patriotische Geigentöne – Stephan wird zum Held des Laternensports. Ein bisschen Heavey Metal druntergelegt und man möchte diesem nackten Mann nicht nachts begegnen. Man sollte mit jedem Brief, den man schreibt, dem Empfänger mitteilen, welche Musik er beim Lesen hören soll.

Es würde die Welt einfacher und besser machen. Nachdem ich den Film zur Hälfte fertig habe, mache ich eine Pause und erfinde einen Eisglühwein. Ausgekühlter Glühwein mit Eiswürfeln und Sahnehaube. Gut, dass ich immer tiefgekühlte und ewig haltbare Sahne habe. Und ja, ich weiß, dass ewig nicht ewig heißt. Tiefkühlen verlängert aber den Verwesungsprozess von ewig.

Ich bin sehr angetan von meiner Erfindung. Leider ist sie nur ein kleines bisschen zu kalt. Mein Nasenbein tut schon wieder weh und ich muss niesen. Eine Allergie gegen kalten Glühwein kann und will ich bei mir noch nicht diagnostizieren. Dafür aber überempfindliche emotionale Gefühlsregungen. Ich fange in den letzten Tagen ständig zu weinen an. Als ich den Glühwein rieche, den ich mit Nelken, Orangen und Zimtstange erwärme, erinnere ich mich an den Tag mit Antonia auf dem Weihnachtsmarkt und muss gleich wieder weinen. Wann wird das endlich aufhören? Ich tröste mich mit einem Satz, den ich kürzlich irgendwo gehört habe: Der Mensch hat nur Angst vor dem, was er nicht kennt.

Ich habe Angst davor, für immer alleine zu sein, und leider kann ich mir die Angst davor nicht erlauben, weil ich weiß, wie es ist, alleine zu sein und weil ich es mag. Das Alleinsein. Leicht angesäuselt und mit der festen Überzeugung, dass der Alkohol mir jetzt helfen muss, ich aber bald auch wieder ohne werde sein können, schneide ich das Video fertig. Drei knackige Minuten, die nur schocken könnten, falls man hier und da den Film anhält. Alle wirklich bloßstellenden Szenen sind nur Bruchteile von Sekunden zu sehen. Ich bin zufrieden mit meiner Arbeit und gehe seit vielen Wochen endlich mal wieder ein bisschen selig ins Bett, nachdem ich noch ein wenig in die vom Schnee erhellte Nacht hinausgeschaut habe.

Es ist der erste Tag nach Monaten, an dem ich mal was vorhabe. Dem feierlichen Hochzeitsanlass entsprechend kleide ich mich in Schwarz. Miriam und Stephan heiraten unweit meiner Wohnung, so dass ich mich entschließe, den Weg dorthin zu laufen. Zwar liegt immer noch Schnee, aber es schneit nicht mehr. Die Sonne lässt den weißen Zauber Stück für Stück verschwinden. So wird es wohl wie immer sein: An Weihnachten gibt's Regen bei ungefähr 13 °C.

Ein Hund, den ein Mann an der Leine führt, reißt sich los und rennt auf eine Frau zu, die er jaulend und schwanzwedelnd begrüßt. Mir schießen vor Rührung die Tränen in die Augen. Mein emotionales Nervenkostüm ist zart besaitet. Ich bleibe stehen. Es macht Spaß, sich diese völlig ungebremste Begeisterung anzusehen. Keine Hemmungen, keine Zurückhaltung, einfach nur pure und ungefilterte Freude.

In der Ferne höre ich Glocken läuten und erinnere mich an mein Vorhaben. Zügig gehe ich weiter. Durch zu spät kommen auffallen möchte ich heute nicht.

Vor der Kirche warten Lisa und Tom.

Lisas Begrüßung fällt ein wenig rau aus: »Wenn du nicht innerhalb der nächsten Minute aufgetaucht wärest, hätte ich dich persönlich aus dem Bett hierher geschleift.«

Ich umarme beide und antworte: »Weiß gar nicht, was du meinst. Ich bin die Zuverlässigkeit in Person und ich freue mich seit Tagen auf diese Hochzeit.«

Tom ergänzt: »Ja, nee, klar. Und nachdem ich meinen Grundkurs ›Sarkasmus‹ abgeschlossen haben werde, mache ich meinen Abschluss in ›Lügen‹.«

»Tom, jetzt bin ich ein wenig beleidigt. Grundkurs?!«

Er lächelt und dann bietet er Lisa und mir je einen Arm, dass wir uns einhaken und gemeinsam eintreten.

Wir sind recht spät dran. Die Kirche ist gefüllt mit High Society und Möchtegerns. Ich muss die Augen verdrehen, als ich all die großen Hüte sehe und die geschniegelten Hochsteckfrisuren. Warum nehmen die feinen Ladies die Hüte nicht ab? Ich dachte, dass müsse man in der Kirche. Aber die

Damen hier stellen ihr Aussehen wohl über ihren Glauben. Scheinheilig, das!

Wir quetschen uns in die vorletzte Reihe und harren des Spektakels. Ich lasse meine Blicke schweifen. Am besten gefällt mir Miriams Tante Hildegard, offenbar eine Alt-68erin, die in gebatiktem T-Shirt und Schlaghose auf ihrer Klampfe »*Give Peace A Chance*« spielt und lauthals dazu singt. Die behütete Dame neben mir rümpft die Nase und flüstert ihrem Gatten, der sein fettes Geld wahrscheinlich durch Waffenschiebereien gemacht hat, etwas ins Ohr, das er mit einem Nicken bestätigt. Im Kirchensaal erhebt sich ein leichtes Raunen, als die Tante den Refrain zum zehnten Mal wiederholt. Ich bin kurz versucht, spontan nach vorne zu gehen und Bela B. zu Ehren den Song »*Onenightstand*« vorzutragen. Der Refrain »*People like you fuck people like me fuck people like you ...*« lässt sich ebenfalls endlos ausbauen. Dann erinnere ich mich aber daran, dass ich auf dieser Hochzeit nicht für einen Skandal sorgen wollte, damit Tom seine Wette nicht gewinnt, und fange stattdessen schon wieder zu weinen an, weil mich das Lied der Tante irgendwie rührt.

Die Trauung verläuft ansonsten unspektakulär und langweilig. Selbst als das Brautpaar sich auf ewig verpflichtet, muss ich nicht weinen, schluchzen oder zusammenbrechen. Das liegt zum Einen daran, dass hier wieder dieses »Ewig« auftaucht, an das ich nicht mehr glaube. Außerdem stelle ich mir vor, dass ich da vorne stehen müsste, um Stephan zu heiraten. Das hat eine ähnliche Wirkung, als wenn man sich einen Menschen bei der Notdurft vorstellt. »Bitte lass mich los« mit Punkt kommt während der ganzen Zeremonie nicht vor, so dass auch von daher keine Gefahr für mich besteht. Außerdem erkennt man sehr gut, dass Stephan und Miriam unter den Zwängen ihrer hochherrschaftlichen Herkunft leiden. Wie jedem vernünftigen Paar scheint ihnen bewusst, dass es am Tag der Hochzeit zuletzt ums Paarsein geht, vielmehr um Organisation, Selbstverwirklichung von Hippie-Tanten und den Versuch, krampfhaft alles richtig zu machen. Als sie zum Kuss nach dem Jawort aufgefordert werden, sieht man ihnen an, dass sie sich schämen, sich vor der ganzen Familie zu küssen. Selbst das aufmunternde Klatschen und die Anfeuerungsrufe der Hippie-Tante reichen nicht aus für spontane Leidenschaft der Liebenden.

Mit den ersten Schlussorgelklängen verlassen wir so schnell wie möglich die Kirche. Politisch ist das nicht ganz korrekt. Soweit ich mich erinnere, müsste das Brautpaar als Erstes ausmarschieren, aber uns zwingen Freiheitsdrang und schlechte Luft. Außerdem starren alle aufs Brautpaar, sodass keiner bemerkt, dass wir schon raus sind. Lediglich der Diener mit dem Kollektensack am Ausgang sieht uns etwas schräg an, aber wir bestechen ihn mit einer großzügigen Spende. Draußen einigen wir uns darauf, schnell zum Ort der Feierlichkeiten hinüberzuwechseln, denn es hat zu regen begonnen und da ich nicht arbeite, bedeutet eine Erkältung für mich gestohlene Lebenszeit statt willkommener Auszeit.

Wir sind die Ersten und werden erst nach längerer Diskussion eingelassen. Der Saal befindet sich in einer alten Stadtresidenz. Er ist feierlich geschmückt. Die Tische sind mit bestimmt über hundert Tellern eingedeckt und auf jedem Teller liegt eine Serviette in einem Serviettenring, auf dem das Bild von Stephan und Miriam klebt. Die kitschige Variante, auf der die Ränder des rosa Hintergrundes verschwimmen. Vorn auf der kleinen Bühne sind bereits die Instrumente der Band aufgebaut und, nicht überraschend aber ungewöhnlich: Auch über der Bühne hängt ein überdimensional großes Konterfei des Brautpaares in einem roten Herz, von Rosen umrandet. Der Kitsch-Schock treibt mir einen Kälteschauer über den Rücken. Aber das muss ja jeder machen, wie er will. Vorausgesetzt, Miriam und Stephan haben sich das überhaupt selbst ausgedacht. Die Hippie-Tante war es sicher nicht.

Ich habe noch Zeit, meine DVD in der aufgebauten Beamer-Leinwand-Kombination auszuprobieren. Lisa und Tom sind begeistert. Das freut mich. Desweiteren bleibt uns genug Zeit, um am Sektausschank zu warten, bis das Brautpaar zu »*I will always love you*« einläuft. Wäre ich noch nüchtern, müsste ich weinen, so aber verursacht der Anblick einen Giggleflash, der immer noch anhält, als das Brautpaar schon lange vor Kopf an der langen Tafel sitzt. Ich suche kichernd meinen Platz und stelle fest, dass ich nicht bei Tom und Lisa sitze. Das ist schade, aber es soll noch schlimmer kommen.

Mein Sitznachbar stellt sich mir als »Hallo, ich bin Markus!« vor. »Ich bin Unternehmensberater und komme gerade aus China zurück. Das war der Wahnsinn.«

Ich muss immer noch giggeln, was er offenbar als Bewunderung erachtet und als Aufforderung, fortzufahren. Ich befürchte, dass dies ein Verkupplungsversuch von Miriam und Stephan ist. Das Gegenteil von gut ist gut gemeint. Ich seufze. Nach dem vierten Satz hat Markus mir bereits sein Jahreseinkommen und die Automarke anvertraut, die er fährt. Und dann berichtet er ganz begeistert von China: »Man muss sich das so vorstellen wie bei ›Die Geisha‹.«

Autsch, das tut weh. Obwohl ich mich eigentlich gerade im Saal umgucken wollte, wer noch alles da ist, muss ich da jetzt mal kurz drauf antworten.

»War die Geisha nicht eher in Japan beherbergt?«, frage ich ganz unschuldig.

Markus ist für einen Moment peinlich berührt, weil er sich vertan hat, dann setzt er seinen Redeschwall ungebrochen fort. Das sind die Menschen, die heute weit kommen. Sie können nichts, aber labern, bis das Gegenüber klein beigibt oder anfängt, daran zu glauben, was ihnen da erzählt wird. Ich stehe auf und gehe zu Tom und Lisa. Neben ihnen sitzt die Hippie-Tante. »Hey, *peace*, Schwester!«, begrüße ich sie freundlich. »Ja, *peace*, ne.« antwortet sie.

»Hör mal, ich habe eine Bitte an dich. Ich sitze da drüben neben so 'nem Yuppie, der voll auf der Kapitalismusschiene fährt. Voll krass. Ich bin nicht so gut in Argumentation, hättest du nicht Lust, dich seiner mal anzunehmen? Und wir tauschen die Plätze. Cooler Song übrigens eben in der Kirche.«

Die Hippie-Tante ist »total voll einverstanden« mit einem Sitzplatztausch und ich setze mich erleichtert neben Lisa.

Stephans Vater erhebt sich. Er begrüßt sehr steif die Hochzeitsgesellschaft und heißt dann seine Schwiegertochter im Kreise der Familie willkommen. Man hat allerdings den Eindruck, dass sie gar nicht so willkommen ist. Stephans Vater zählt die negativen Eigenschaften ihres Sternzeichens auf und erzählt uns dann von Miriams Verfehlungen in der feinen Gesellschaft. Das ist alles nicht so schlimm und dass sie das Besteck nicht von außen nach innen benutzt, finde ich jetzt auch nicht so dramatisch. Es scheint eher, als möge Stephans Vater Miriam grundsätzlich nicht und versuche dabei lustig zu sein. Ist er aber nicht.

Als nächstes schwärmt uns Stephans alter Herr von seinem Wundersohn vor. Im Saal herrscht beklemmendes Schweigen. Stephan ist zutiefst peinlich berührt, traut sich aber nicht, etwas gegen seine Regierung zu unternehmen. Was für eine nette Hochzeit. Es könnte aber noch ein schöner Abend werden. Stephans Vater kündigt nun das Video an, das er von seinem Sohn gedreht hat, als er klein war. Er drückt auf Play und just in diesem Moment wird mir bewusst, dass ich aus Versehen vergessen habe, meine DVD wieder aus dem Player zu nehmen. Ups! Gleich werden alle Stephan nackt sehen und denken, sein Vater hätte das gedreht!

Der Film beginnt. Vorsichtig sehe ich mich im Saal um.

Den Zuschauern gefällt es. Nur Stephan sieht sehr konsterniert aus und sucht mit scharfem Blick den meinen. Ich zucke entschuldigend mit den Schultern. Was kann ich dafür, wenn er das Video nicht gut genug versteckt hat und es im Kühlschrank nicht kaputtgegangen ist? Außerdem ist es wirklich gut geworden. Ich würde mich freuen. Das ist ein sehr persönliches Geschenk. Nach drei Minuten endet der Film mit einem Trommelwirbel und wir sehen Stephan auf der Leinwand, wie er recht betrunken vom Stuhl kippt und liegenbleibt. Die Hochzeitsgesellschaft grölt und klatscht und freut sich. Stephans Vater weiß nicht, was er tun soll. Entweder er klärt auf, dass das nicht sein Werk ist, verliert den Applaus und die Anerkennung, oder er macht einfach weiter, als sei nichts geschehen. Er wirkt unentschieden. Tom haut sich immer noch lachend auf die Schenkel und glaubt seine Wette gewonnen zu haben. Ich finde jedoch nicht, dass das der Skandal der Hochzeit ist, denn ich bin nicht öffentlich bekannt gemacht worden als Urheberin dieses Videos.

Da greift Stephans Vater zum Mikrophon und eröffnet schnell das Buffet. Anschließend lässt er sich auf seinen Stuhl fallen, während seine Frau ihn zu beruhigen versucht.

Das Essen ist eine willkommene Abwechslung zum Sektgenuss. Der erste Teller, den ich greife, fällt mir leider auf den Boden und zersplittert. Die Aufmerksamkeit, die auf mich fällt, ist mir ein wenig unangenehm. Schnell sammle ich die Scherben auf und ein netter Mann, der in der Schlange hinter mir steht, hilft. »Frau Schimmer, Frau Schimmer, Sie lieben wohl immer noch die großen Auftritte.«

Ich drehe mich um. Der Mann, mit dem ich die Scherben aufsammle, ist mein alter Chef. Der Gründer des Architekturbüros, in dem ich mit Miriam zusammengearbeitet habe. Wir erheben uns, ich reiche ihm meine Hand. »Das ist aber eine Freude! Sie hier?«

Er lächelt mich an. Das ist genau das Lächeln, das er aufgelegt hatte, als ich ihn das letzte Mal sah. Das war vor ein paar Wochen beim *Whore Watching*. Jetzt bin ich tatsächlich sehr froh, dass er mich damals nicht erkannt hat.

»Haben Sie viel Hunger, Frau Schimmer? Sonst kommen Sie doch mit zu meinem Platz. Ich habe ein Angebot für Sie. Gut, dass ich Sie hier treffe. Ich wollte Sie Montag eh mal anrufen.«

»Aha?«, fällt mir dazu nur ein. Ich habe mittlerweile so sehr Hunger, dass mein Magen auf dem Weg zu Herrn Winterfelds Platz auf dem Boden hinter mir herschleift. Dort angekommen, gesellt sich meine Kinnlade zum Magen. Da sitzt tatsächlich »die Gabi«! Sabine vom Puffwagen. Da muss ja in der Zwischenzeit so einiges passiert sein. Herr Winterfeld hat sich eine Nutte gekauft. Eine sehr kluge und schöne Frau. Wo die Liebe hinfällt. So wird er sie wahrscheinlich auch in der Öffentlichkeit präsentieren. Der Mann verdient genug, dass Sabine nie wieder arbeiten müsste, und er stellt sie mir sicher als eine Dame vor, die er auf einer Gala kennengelernt hat. Oder ob Sabine ihren Wagen noch betreibt? Vielleicht heimlich. Ich denke, die Frage muss ich ihr noch stellen. Ich verkneife mir, es sofort zu tun und in Herrn Winterfelds Gegenwart.

Herr Winterfeld stellt uns vor. »Sabine, das ist Frau Schimmer, Frau Schimmer, Sabine.«

Sabine fällt mir um den Hals. »Wir kennen uns. Suza hat mich mal im Liebesmobil besucht.«

Oh, das könnte man jetzt falsch verstehen. Angenommen, Sabine hat auch weibliche Kunden, was heutzutage nicht mehr ganz ungewöhnlich wäre. Ich versuche das richtig zu stellen: »Ja, ja, wegen der Buchhaltung.«

Sabine lächelt. »Ja, bloß keine falschen Gedanken. Wie klein die Welt doch ist. Norbert, als du mich im Sommer auf der Arbeit besucht hast, war Suza gerade gegangen. Du hast sie sicher noch gesehen.«

Jetzt wird es peinlich. Damals betrunken, heute betrunken aufgefallen. Doch Winterfeld lacht. Das ist hoffentlich ein gutes Zeichen. Dann ergreift er sein Glas und füllt Wein in ein neues, das er mir reicht.

»Dann sag ich erst einmal Prost und schlage vor, wir duzen uns. Ich bin der Norbert«, sagt der Norbert.

»Suza«, murmele ich perplex. Ich habe das Gefühl, nicht annähernd unter Kontrolle zu haben, was hier gerade passiert. So langsam reift ein Entschluss in mir, dass der heutige Abend auch der Abschied vom Alkohol sein muss. Alkohol ist kontraproduktiv und Liebeskummer hin oder her, so komme ich nicht weiter. Norbert fährt fort: »Wie schön, dass ihr euch schon kennt. Meine Schwester und du, ihr passt gut zusammen. So wellenlängentechnisch.«

»Schwester?« Bumm. Ich bin baff.

»Ja, Sabine ist meine Schwester.«

In diesem Moment hat sich ein Mann zu uns gesellt. Er ist hoch gewachsen, schlank, sieht in seinem schwarzen Anzug mit Stehkragen und seinen dunklen, gelockten Haaren wahnsinnig gut aus. Norbert, der neben dem Mann steht, legt ihm einen Arm um die Hüfte.

»Und das ist dein Bruder?«, frage ich nun völlig verwirrt, mich an meinem Glas festhaltend.

»Nein, das ist mein Freund Maurizio.« Norbert küsst Maurizio demonstrativ auf den Mund. Ich reiche Maurizio die Hand. Maurizio lächelt.

»Hast du noch dein Liebesmobil?«, erkundige ich mich schnell bei Sabine, bevor noch etwas geschieht, was ich nicht verstehe. Sie nickt.

»Klar. Ich habe sogar einen neuen Wagen. Das Geschäft läuft.«

»Das freut mich«, erwidere ich.

»Apropos Geschäft ... ich wollte dir einen Vorschlag machen, Suza.«

Mir kommt es komisch vor, wenn ein schwuler Mann das Wort *apropos* verwendet.

»Ja. Gerne.«

»Mir ist vor ein paar Wochen eine Architektin abgesprungen. Und bevor ich jemand Neuen suche, dachte ich, ich frage dich. Du bist eine hervorragende Architektin und ich habe da so Sachen gehört, dass du im Moment zur Verfügung stehst.«

Miriam, das Plappermaul, denke ich aus unterschiedlichen Beweggründen. »Miriam. Arbeitet sie auch noch bei euch?«, frage ich hastig.

»Nein, leider nicht. Maurizio hat ihren Job übernommen.«

Alter Schwede, mein Ästhetikbedürfnis hätte nichts dagegen, diesen schönen Mann jeden Tag zu sehen, und besonders viel zu plappern scheint der Herr Maurizio auch nicht. Doch dann realisiere ich erst, was hier gerade passiert. Ich kriege einen Job angeboten! In meinem ursprünglich gelernten und nach wie vor geliebten Arbeitsfeld. Das ist grandios. Wahnsinn! Ich kann mich nicht mehr halten und kippe um. Sabine lacht, Norbert auch, während er mir aufhilft. »Ist das ein Ja?«

»Das ist so was von einem Ja!«, antworte ich, während ich ihm um den Hals falle. Wir stoßen noch einmal an und ich bekomme das glückselige Lächeln nicht mehr von den Lippen. Dann verabreden wir noch einen Treffpunkt für die kommende Woche und ich fühle mich von einem Moment auf den anderen wie ein neuer Mensch.

Schnell kehre ich zu Lisa und Tom zurück, um ihnen von den Neuigkeiten zu berichten. Es wird eine etwas längere Erklärung, da ich den beiden noch gar nicht von meinem *Whore Watching* erzählt hatte. Das ist aber wichtig, also muss das Essen weiterhin warten. Lisa und Tom erklären mich für verrückt, was aber nicht neu ist.

»Es läuft gut, Suza«, versichert Lisa aufmunternd, »und jetzt gleich schwingt die Flügeltür des Saals auf und ein Schimmel kommt hereingeritten. Oder ein Einhorn. Und auf ihm sitzt Antonia, in Gold gewandet. Sie reitet hier zum Tisch und reicht dir die Hand. Du ergreifst sie ergriffen und sie zieht dich auf den stolzen Hengst. Dann galoppiert ihr aus dem Saal und lasst die Hochzeitsgesellschaft mit offenen Mündern in Staunen erstarrt zurück!«

»Übertreib nicht«, erwidere ich. »Aber stell dir vor, ich arbeite bald mit zwei Schwulen zusammen. Ich freu mich.«

Tom lacht. Wir albern herum und ich spiele die Situation nach. Ich ergreife eine Serviette und gehe ein paar Schritte wie John Wayne, halte dann den Arm Tom entgegen und spreche mit dunkler Stimme: »Hier ist der Entwurf, Chef!« Tom ergreift die Serviette und bedankt sich mit einem Knicks, während ich die Nase hochziehe und mir in den Schritt greife.

Unglücklicherweise fällt mir erst in diesem Moment auf, dass Miriam das Mikrophon hält und offenbar schon seit Minuten hineinspricht. Jetzt hat sie was von mir gesagt und alle gucken mich an, was mich so erschreckt, dass ich vergesse, die Hand aus dem Schritt zu nehmen. Da ist sie also, die Dankesrede an die Kupplerin! Ich winke verschämt in die Menge. Aufmerksamkeit innerhalb einer Gruppe ist gut, von allen dagegen meist ein schlechtes Zeichen. Miriam fährt mit ihrer Rede zum Glück umgehend fort. Gut, dass sich diese Frau so gerne reden hört! Ich setze mich auf meinen Stuhl und muss das hämische Lächeln von Lisa und Tom ertragen. Und meinen Hunger. Aber jetzt kann ich unmöglich zum Buffet. Ich muss abwarten, bis Miriam ihre Rede beendet hat.

Gegen halb elf schaue ich auf die Uhr und weiß, jetzt ist es allerhöchste Zeit, etwas zu essen. Stephans Eltern haben die Feier schon verlassen, auf der Tanzfläche haben sich die ersten Hopser gefunden, vereinzelt hängt die ein oder andere Krawatte schon um die Stirn, statt um den Hals. Ich gehe Richtung Buffet und komme noch nicht einmal bis zur Hälfte. Denn ganz überraschend stellt sich mir eine Frau in den Weg, wodurch ich meinen strammen Gang abrupt unterbrechen muss. Ach Menno, ich habe Hunger!

»Hallo Suza! Was für ein Zufall.«

Ich sehe die Frau an und erkenne Carmen. Das ist tatsächlich ein großer Zufall. Mir entgeht es nicht, dass Carmen an ihrer Hand eine flotte Blondine hält, die sie mir brav vorstellt. Ich vergesse den Namen in dem Moment, in dem er fällt.

»Was machst du hier?«, frage ich erstaunt.

»Die Braut hat mich mal gebucht, wenn du weißt, was ich meine.« Carmen zwinkert mir zu. Das finde ich interessant. Miriam?! Hätte ich nicht gedacht. Ob Stephan davon weiß?

»Und deine Freundin? Die hat dich auch mal gebucht?« Ich schenke ihr ein falsches Lächeln.

»Ja, hat sie tatsächlich. Letzte Woche und dann ist einfach spontan mehr draus geworden.« Carmen küsst ihre Ische demonstrativ und ich kann nicht länger hingucken, als der Kuss in ein gegenseitiges Gaumenlecken ausartet.

Ich suche mir einen Platz, der ein wenig abseits von Band und tanzender Gesellschaft liegt, denn ich muss nachdenken. Ich hätte Carmen haben können und wollte sie nicht. Jetzt fühlt es sich so an, als ob ich sie unbedingt haben möchte. Aber mein Herz ist gar nicht frei. Das sollte nicht so sein. Vielleicht ist es einfach nur Neid auf das, was die haben und ich nicht mehr!

Und dann fällt es mir auf. Das ist mein Muster! Ich will die, die schwer zu haben sind. Frauen, die in einer Beziehung sind. Um dann so etwas zu leben, das Antonia und ich gelebt haben. Eine Affäre. Keine Verpflichtungen, kein Alltag. Aber dass das so banal funktioniert und sogar mit Carmen! Erschreckt gucke ich schnell zu Lisa und warte, ob etwas passiert. Sie küsst Tom und hält dabei seinen Kopf mit beiden Händen fest. Das ist so süß. Die beiden sind ein tolles Paar. Ja, vielleicht bin ich ein wenig neidisch. Aber ansonsten gönne ich es ihnen von Herzen. Keine sonstige Gefühlsregung. Vielleicht bin ich auch ein von Grunde her böser Mensch, sodass ich es einfach liebe, anderen zu schaden, indem ich was mit ihren Partnern anfange? Ich fürchte, das gilt es gelegentlich noch einmal zu ergründen. Aber eigentlich bin ich an diesem Punkt schon ganz stolz auf mich, denn hier habe ich doch ein Muster erkannt und jetzt kann ich daran arbeiten, es zu durchbrechen. Carmen hin, Carmen her.

Miriam hat sich neben mich gesetzt und redet schon wieder seit ein paar Minuten. Verdammt. Hab ich gar nicht bemerkt! Jetzt muss ich irgendwie versuchen, das, was ich nicht mitbekommen habe, aus dem, was ich gerade höre, zu rekonstruieren. Oh, sie weint. Aber das ist für Bräute nicht ungewöhnlich, glaube ich. An so einem Tag kochen die Emotionen schnell über. Wahrscheinlich ist es pure Dankbarkeit über meine Verkupplung, die ihr die Tränen in die Augen steigen lässt. Ich höre immer noch nicht zu. Also: Konzentration jetzt! Sperr die Ohren auf!

»… und dann habe ich, weil ich so sauer auf ihn war, Carmen eingeladen, und sie ist jetzt auch hier und Stephan ist raus und weg! Aber das mit Carmen und mir war nur eine Nacht. Ich weiß nicht, was ich tun soll! Ich liebe Stephan! Und dann bringt Carmen auch noch diese Make-up-Schleuder mit, die demonstrativ ihr kleines Hirn in ihrer Trichterbrust zur Schau trägt!«

Ah. Ich gewinne ein wage Vorstellung von dem, was passiert ist. Die Welt ist klein und Carmen gut im Geschäft.

»Schmeiß Carmen wieder raus und such Stephan.« Ich hoffe, diese Antwort passt auf Miriams Rede. Käme mir auch ganz gelegen, wenn Carmen wieder verschwinden würde und ich nicht länger über sie nachdenken müsste.

»Aber ich habe sie doch eingeladen! Ich kann sie nicht rausschmeißen!«

Hört sich so an, als ob ich nah dran war.

»Du hast heute geheiratet, Miriam. Herzlichen Glückwunsch übrigens. Den Mann, mit dem du bis zum Ende deines Lebens zusammen sein willst. Wenn du Carmen nie wieder siehst ... was soll's?«

Miriam guckt mich mit großen Augen an. »Ja, aber ich trau mich nicht!«

»Ha! Einmal am Tag trauen reicht ja auch, nicht wahr? Har, har.« Mir fällt nichts Besseres ein. Sie traut sich nicht! Ich fasse es nicht. Das ist wie im Kindergarten. Wenn es nötig ist, dann muss man eben schon am Hochzeitstag beginnen, seine Ehe zu retten.

»Bitte. Suza. Du musst mir helfen! Stephan ist doch dein bester Freund! Du musst mit ihm reden!«

Jetzt geht das schon wieder los. Seit wann ist Stephan mein bester Freund? Ich fühle mich fremdbestimmt. Es ist mir nicht mal mehr erlaubt, mir auszusuchen, wer meine besten Freunde sind. Also langsam macht mich das ziemlich sauer. Bevor ich widersprechen und das klarstellen kann, hängt mir Miriam plötzlich schluchzend an der Bluse. Ich habe ein Mini-Mü Mitleid, aber was noch viel entscheidender ist, ich habe eine Idee.

»Hör zu, Miri. Ich sorge dafür, dass Carmen verschwindet. Aber mit Stephan reden musst du schon selbst. Und ich mache das nur, weil heute deine Hochzeit ist und ich das Geschenk vergessen habe.«

Miriam blinzelt mich freudestrahlend durch ihren Tränenschleier hindurch an. Ich stehe auf und gehe zu Lisa. Auf dem Weg fällt mir auf, dass ich immer noch nichts gegessen habe. Verhungern gegen Alkoholvergiftung – auf die ein oder andere Art wird dieser Abend wohl zu Ende gehen, fürchte ich.

Mit Lisa bespreche ich kurz unsere Taktik. Dann platzieren wir uns draußen und los geht es.

Ich wähle auf Toms Handy und übergebe dann das Telefon an Lisa. In der Ferne sehe ich Stephan, der einsam die Straße hin- und herläuft. Liebeskummer ist ein Ponyhof, wenn man ihn selbst nicht hat.

Lisa bekommt Carmen tatsächlich an den Apparat. Carmen versucht sich tatsächlich zu sträuben, aber Lisa schafft es mit ihrer überzeugend charmanten Art, Carmen zu überreden, sofort in die Stadt zu kommen und eine Notfall-Begleitung zu übernehmen. Sie weist sie noch darauf hin, dass sie das Handy von einem Passanten geliehen hat, also später leider nicht mehr erreichbar sein wird. Sie bietet recht viel Geld und ich bin mir sicher, dass Carmen sich sehr ärgern wird, wenn sie die Kundin nicht findet.

Auf der anderen Seite muss man sagen, dass sie sich das verdient hat. Dass sie ihre blonde Freundin sitzen lassen wird, obwohl sie einen gemeinsamen Abend verbringen wollten, ist ein Unding. Da hätte sie mal lieber ihr Telefon zu Hause gelassen! Die Frau verdient genug Geld, um nicht an jedem Abend arbeiten zu müssen. Sehr ungeschickt von ihr war es ebenfalls, hier überhaupt aufzutauchen. Spätestens jetzt müsste sie genug Feingefühl haben, um zu erkennen, dass die Braut heult und der Bräutigam weggelaufen ist und dass dieses ganze Dilemma begann, als sie den Saal betrat. Es scheint aber, sie denkt und sieht nicht, sondern knutscht nur ihre blonde Schnecke.

Ich sage nicht, dass unser Plan besonders nett ist, aber als Carmen an uns vorbeigestürmt und sich ins Auto geworfen hat, gehen wir wieder in den Saal, ohne groß zu jubeln. Wir lächeln uns nur ein bisschen an und halten uns gerne für fiese kleine Weibstücke. Ich gebe Miriam den Hinweis, wo sich ihr Göttergatte befindet, und gehe endlich – endlich, endlich – zum Buffet, um was zu essen!

Vor dem Tisch bleibe ich stehen und möchte weinen. Es ist zu spät. Das Buffet ist komplett aufgegessen. Da liegt nicht mehr ein einziger Krümel. Was soll das? So eine Spießerveranstaltung hier, die Band spielt gerade ein WDR 4 Medley und es ist nicht für genug Essen gesorgt! Das werden sich die Menschen doch morgen im Golfclub erzählen. *Das ist der Skandal!*

Ich sehe mich um. Die ältere Generation ist gar nicht mehr vertreten. Alle sind schon gegangen und wir hören WDR 4! Auf einem Teller, den die Kellner noch nicht abgeräumt haben, finde ich noch ein halbes Brötchen, das ich mir nehme und gierig verzehre.

Kurze Zeit später betreten Miriam und Stephan wieder den Saal. Hand in Hand. Lisa, Tom und ich nehmen das am Rande zur Kenntnis, denn wir sind schon zum Extrem-Dancing übergegangen.

Erstaunlich, wie tanzbar WDR 4 ist. Tanzen, als ob es kein Morgen gäbe.

Kapitel 6: **Akzeptanz**

Es ist Sonntag und der letzte Tag, bevor ich meine neue, alte Arbeit beginne. Ich freue mich wie Bolle. Mit Norbert habe ich alle Details besprochen, es hört sich hervorragend an. Antonia, dem Fisch, geht es gut. Sie wird mit ins Büro ziehen. Nicht, weil ich dann ständig an Antonia denke, sondern weil mich mittlerweile der Anblick des Aquariums beruhigt und ich den hässlichen Fisch einfach gerne um mich habe. An Antonia denke ich immer noch tagtäglich, aber nicht mehr so viel und nicht mehr so schwermütig.

Mir ist die fünfte Phase der Trauer wieder eingefallen. Akzeptanz. Ich akzeptiere. Ich kann es eh nicht ändern. Also akzeptiere ich.

Mit einer heißen Tasse Tee sitze ich am Rechner und checke meine Mails. Weder an Schwanzverlängerung noch an Viagra bin ich momentan interessiert. Sonntags bekomme ich selten bedeutsame Mails. Wenn man das überhaupt in Verbindung bringen kann: »bedeutsam« und »Mail«. Noch nicht einmal »Bitte lass mich los« mit Punkt kam an einem Sonntag. Ich fahre den Computer wieder runter, als es klingelt. Das wird wohl Lisa sein.

Ich öffne die Tür und warte, bis der Besuch die Treppen hochgekommen ist. Als ich den Kopf sehe, vermute ich richtig, aber glauben kann ich es nicht. Außer Atem, baut sich der Besuch, so gut er kann, vor mir auf.

Es ist Antonia!

Sie wirkt komplett klein und geknickt.

Ich sehe sie an. Ich kann gar nichts sagen.

Mit großen Augen sieht sie mich an und atmet noch ein paar Mal durch, bevor sie zu einer Rede ansetzt.

Es täte ihr alles so leid und sie wolle mit mir zusammen sein, weil sie mich liebe. Besser, schöner, größer, intensiver als alles andere liebe sie mich.

Das schmeichelt mir sehr, denke ich und freue mich ein wenig darüber. Ihren Mann werde sie für mich verlassen, weil sie die falsche Entscheidung getroffen habe, als sie entscheiden musste. Ihr Mann und sie, das funktioniere nicht mehr und das wüssten sie mittlerweile beide. Unabhängig von ihr und mir.

Antonia sieht mich erwartungsvoll an. Ich weiß nicht, was ich sagen soll. Es klingelt schon wieder. Sonntag und in meiner Wohnung geht es zu wie im Taubenschlag. Das Türöffnen verwirrt Antonia und gibt mir mehr Zeit zum Nachdenken. Dann habe ich meine Worte gefunden.

»Antonia. Ich liebe dich auch. Sicher. Sehr sogar. Du fehlst mir und ich will auch zu dir. Aber ich habe einen Entschluss gefasst ...«

Hinter Antonia taucht nun Lisa auf. Sie bleibt wie angewurzelt stehen und wartet ab, was passiert. Antonia schaut sich kurz um und nickt Lisa schwach zu, als ich beschließe, weiterzusprechen. Eigentlich steht mir der Sinn nach »Bitte lass mich los. Mit Punkt.« Stattdessen sage ich aber: »Ich möchte gerne eine Weile einfach allein sein und Dinge verstehen, über alles nachdenken und in mich hineinfühlen, wo die Reise hingehen soll.«

Antonia versteht mich nicht. Fragend sieht sie mich an.

»Warte«, sage ich, als ich mich umdrehe und auf einen Zettel schreibe: »Bitte gib mir Zeit.« Den Punkt male ich besonders dick. Ich ergreife meine Jacke und drücke Antonia den Zettel in die Hand.

»Guck. Nimm das mit. Schwarz auf weiß.«

Ich schenke Antonia ein liebevolles Lächeln, dann drücke ich ihr im Vorbeigehen einen flüchtigen Kuss auf die Wange und gehe zu Lisa.

Beschwingt springen wir die Treppenstufen hinunter.

Ich werde mir so viel Zeit nehmen, wie ich brauche. Aber jetzt erst einmal werden wir nichts anderes machen, als in der kalten Wintersonne spazierengehen. Tom wartet vor dem Haus auf uns. Mit Pilates. Toms und Lisas neuem Hund.